無名子集

이 책은 2013년도 정부(교육부)의 재원으로 한국고전번역원의 지원을 받아 수행된
'권역별거점연구소협동번역사업'의 결과물임.

This work was supported by Institute for the Translation of Korean Classics - Grant funded
by the Korean Government.

韓國古典飜譯院　韓國文集校勘標點叢書

無名子集 7

尹愭　著

李奎泌　校點

凡例

1. 이 책은 尹愭의 文集인《無名子集》을 校勘·標點한 것이다.
2. 이 책의 底本은 韓國文集叢刊 第256輯에 실린《無名子集》이다.
3. 原底本은 후손 尹炳曦 집안 소장본으로 異本이 없는 唯一本이다.
4. 底本에서 判讀이 어려운 글자는 原底本을 參考하여 補充·訂正하고 校勘記는 달지 않았다.
5. 본문에 쓰인 異體字는 代表字로 고치고 校勘記는 달지 않았다. 代表字의 판단은 韓國古典飜譯院〈異體字處理一覽表〉(2011)를 準據로 하였다.
6. 筆寫 과정에서 관행적으로 通用하던 글자는 文脈에 맞게 고쳐 쓰고 校勘記는 달지 않았다.
   例) 己 已 巳
7. 이 책에서 사용한 標點符號는 다음과 같다.

   。　　　疑問文과 感歎文을 제외한 文章의 끝에 쓴다.
   ?　　　疑問文의 끝에 쓴다.
   !　　　感歎文이나 感歎詞의 끝, 강한 語調의 命令文·請誘文·反語間의 끝에 쓴다.
   ,　　　한 文章 안에서 일반적으로 句의 구분이 필요한 곳에 쓴다.
   、　　　한 句 안에서 병렬된 語彙 및 名詞句 사이에 쓴다.
   ;　　　複文 안에서 구조상 분명하게 竝列된 語句 사이에 쓴다.
   :　　　완전한 引用文의 경우 引用符號와 함께 쓰거나, 話題 혹은 小標題 語로서 文章을 이끄는 語句 뒤에 쓴다.
   " " ' '　直接 引用한 말이나 强調해야 하는 말을 나타내는 데 쓰되, 1차 引用에는 " "를, 2차 引用에는 ' '를, 3차 引用에는 「 」를 쓴다.
   【 】　　原文의 註를 나타내는 데 쓴다.
   ·　　　書名號(《》) 안에서 書名과 篇名 등을 구분하는 데 쓴다.
   《 》　　書名, 篇名, 樂曲名, 書畵名 등을 나타내는 데 쓴다. 모점(、) 하위

단위의 병렬에 쓴다.

— 人名, 地名, 國名, 民族名, 建物名, 年號 등의 固有名詞를 나타내
는 데 쓴다.

□ 빠진 글자의 자리에 쓴다.

▨ 훼손된 글자의 자리에 쓴다.

目次

無名子集 文稿 冊八

策

無名子集 文稿 冊九

殿策

無名子集

文稿 册八

策

策

父師君

問：父生之，師敎之，君食之。此欒共子所謂"民生於三，事之如一"者也。

對：君、師、父一體之說，其衰世之意乎。蓋自天降生民，則旣莫不與之以仁義禮智之性，而伏羲、神農、黃帝、堯、舜，又以聰明、睿知之聖，作之君師，繼天立極，則其於食之、敎之之道，可謂兼且盡矣。猶且必設司徒之職、典樂之官者，蓋以五敎之敬敷，不可不立之師也。

而三代之時，其法寖備，曰庠、曰序、曰校、曰學，無非所以明人倫而行敎化也。夫五敎敷，而人倫旣已明，敎化旣已行，則又焉有不親、不遜之患，而於事父、事君、事師之間，有所不盡其道者耶？是故當斯時也，治隆於上，俗美於下，凡厥天下之人，在父則孝，在君則忠，在師則修弟子之職。

資父以事，而自無二致，視之猶父而爲之依歸，不待別般申申於父之生、君之食、師之敎，然後始知其

子當孝、臣當忠、弟子之當尊慕也。又不待人之誦道
於君、師、父之爲一體，然後始知其可以一事之也。譬
如渴飲而飢食，夏葛而冬裘，不俟乎勸戒勉強，而自能
隨遇而得宜耳。

蓋以有物有則，固有是秉彝好德之衷。而又有聖
帝明王，因其本然同得之善，俾免逸居無教之患，匡之
直之、輔之翼之，又從而振德之。故其民以愛親、敬
君、隆師之道，爲日用常行底事，不容作爲而自無不
盡。則此所以致熙皞隆盛之治，而成比屋可封之俗也。
又何事乎標出君、師、父一體之說，而使之一體事之
耶？

曁乎王風委草，戰途荊榛，異端無父無君之說，與
夫百家衆技權謀術數之學起，而人異師師異道，先王之
教，遂爲弁髦。而天下不復知有入孝出恭之道、視國
如家之義。彼遺其親、後其君、背其師者，固無論已，
間有如申鳴之自謂忠孝而卒不能兩全，庾斯之欲全私
恩而反廢乎公義，率不免知一而忘二，舉彼而遺此。則
古昔聖人所以明人倫而行教化者，謾爲當時之至治，而
世愈降俗愈訛，駸駸然不覺入於夷狄禽獸之域矣。此
君、師、父之說所由作，而提醒得千萬世秉彝之天也。

夫然後人皆知生於父而有吾之身，固是生也，而食
於君而得吾之長，學於師而獲吾之知，是亦生之族也。
"旣生於三矣，其可不以其所以事父者，事君而事師乎"
云爾，則雖或有誤認忠孝而爲二，不識師生之爲重者，

必將顧名思義，曰"君、師、父一體，古人豈欺我哉"，舉皆篤於移孝爲忠之義，而興於推敬事師之道矣。然則爲此說者，蓋出於爲衰世之意，而其功可謂大矣。

抑又論之，父子、君臣，乃首五品，標三綱之大倫，則孰不知忠孝之爲民生第一箇道理？而至於所謂師，則恩愛不同於父子，嚴威不及於君臣。此蓋五倫、三綱之所不列，而若有疑於一體者也。

然而人之所以爲人者，不在乎他，在乎師之教而已。父子之親，君臣之義，五倫之教，三綱之則，孰明而孰傳之耶？朱夫子嘗論五倫之有朋友曰："其勢若輕而所繫爲甚重，其分若疏而所關爲至親，其名若小而所職爲甚大。"然則師之傳道而尊嚴，弟子之受教而傳習，又豈特朋友之責善、輔仁而已哉？

此《戴記》所謂"師無當於五服，五服不得弗親"，而《白虎通》所謂"天有日、月、星三光，人有君、父、師三尊"也。若是乎邇之事父、遠之事君之必資乎事師，而事師之不可異於事父、事君也。

且以《周禮》言之，太宰以九兩繫邦國之民，大司徒以六俗安萬民而聯之，師氏以三行教國子，而其一則皆師也。周公所以惓惓垂訓於順行以事師長者，如此。則君、師、父一體之意，已見於此，而聖人之爲後世慮，其亦深且遠矣。人之三年而免懷，十年而就傳，四十而始仕者，其可不思所以自拔於衰世耶？

愚也每於讀書之餘，輒歎世無講君、師、父一體之義矣。今執事先生，乃以此爲問，敢不以平昔所蘊者藉手而請教乎？

佛家前後身說

問：前後身之說，出於佛家之怪誕，而吾儒之所當明辨者也。

對：世之辨前後身之說者，宜若罪佛氏，而愚則以爲吾儒不明理之過也。何者？

異端之說，率皆捨人日用之所存、耳目之所及，而以荒唐茫昧之事、怳惚閃爍之言，愚惑世人。蓋以常人之情，未有明理之學。而惟怪之欲聞，又易以禍福動之，而未可以日用見聞之事，迷眩其心志。故得以如此等說，行胸臆、作威福於其間。譬如畫工惡圖犬馬有形之物，而好作鬼魅非常之狀，觀之者亦悅其譎詭奇幻之善，甚矣人之好怪也。

夫天地之理，往者去，來者續，日往則月來，寒往則暑來，元氣之流行，未嘗有一息之間斷。則有生必有死，猶有晝必有夜。未聞以昨日之晝爲今日之晝，以今日之夜爲明日之夜，則今其言曰"以前生之身，爲此生之身；以此生之身，爲後生之身，有若以一燈傳千百燈者"，豈其然乎？

夫子曰："未知生，焉知死？"蓋知生之理，然後可以知死之理也。彼象教乃不論方生之理，而徒爲死後之說，至於以昔日之死，爲現在之身，以此人之生，爲彼其之身，縱橫謬戾，顛倒悖亂，而方且肆爲法教，鼓天下之人而從之。彼立爲異端，與聖人角立背馳，以濟其惑世誣民之私者，固無論已，其不能修聖人之道、明天下之理以闢之，而又未免駸駸然入於其中者，庸詎非吾儒之過耶？

嗚呼！爲吾徒者，苟能識原始反終之說，明窮神知化之道，則將不待打破琉璃瓶子，而自無轉入棒喝之患矣。其所謂"有前身如此之因，而得後身如此之報應；修今生許多之果，而望他生許多之利益"者，雖千生萬受，杜撰百般說出來，驚天動地，寶花亂墜，欲以誑嚇得不識底人，却被吾旁邊冷笑矣，又安敢便將儱侗底影象來，罩占眞實地位耶？

今若不先理會此理，使聖人之道大明於世，而只以前後身之說，不現於儒家書中，強欲起而攻之，則是徒知攻之之名而不知所以攻之之實矣。愚恐不惟不能勝，亦且拖泥帶水，醉生夢死，終不免染着些八十一劫蔥嶺氣味矣，豈不大可懼哉？

抑又論之，古人云"天堂無則已，有則君子登；地獄無則已，有則小人入"。以此言之，前後身無則已，有則君子長享其福，小人長受其禍。何則？福善禍淫，乃天之道也，百祥百殃，自各以其類至。此蓋理之必然而不可誣者也。又何必曰"前身是某人，後身是某人；前生有何事，後生有何報"，而做出此別種沒巴鼻底說話耶？

於乎！東漢以前，未嘗有前後身之說，而佛法入中國之後，此說始盛，史冊、記傳所載奇巧、神異之語，頂背相望。是何古人之無前後身，而後世則都是風輪業火中變相出來者耶？無乃天地之元氣，至後世而遂衰，無復往去來續之理，而只以前人之身，爲後人之身而已耶？此特彌近理，大亂眞之緒餘，而其所以辨之者，惟在乎以理燭之耳。

譬如白日之下，萬象清明，鬼怪陰邪之類，舉皆遁形匿迹，莫敢呈露，及乎黑夜陰雨之時，則舞百怪而閃千妖矣。苟不揭太陽以照其情狀，而徒欲敵之以力，則鮮不爲所敗矣。

愚也學孔子不語怪之聖，服程子必闢佛之訓，恒憂聖人之道不明，而異端之說益熾矣。今執事特以前後身之說，慨然發問，敢不樂爲之說乎？

春和賑貸

問：春和賑貸，漢時之政，而其有關於民事大矣。

對：賑貸之政，見於經傳者多矣，而自漢以前，未嘗有"春和"二字。蓋當三代盛時，大司徒任振窮、恤貧之責，以十二荒政，散利而聚民。又有若鄉師、旅師之屬，以歲時巡國及野，賙萬民之囏阨，以王命施惠，則其所以賑貸之者，自有常法。

懸之於象魏，讀之於月朔，不待詔命之別布於春和，而天下之民，蓋無匹夫匹婦之不得其所者矣。此《益》之六三，所以云"益之用凶事，有孚中行，告公用圭"，而先王以之，而爲損上益下之治者也。

夫如是也，故不必假和於春，而太和嘉氣洋溢於四時之間，熙熙然、皞皞然，囿蒼生於春臺之上。則又何事乎以春和賑貸書之，以爲奇異底仁政耶？然則其所謂春和賑貸者，不過後世一時之小惠。而由其出於王春政壞之後，故民之悅之也，殆有似乎嚴霜大凍之餘，忽遇着風和日暖之陽春世界也。比諸向所謂四時太和，其淺深高下，果何如也？

雖然春者四時之首，而天地溫厚之仁氣也。方其協風應律，陽德扇和，蟄者振，陳者析，黃落者萌芽，無不各有以遂其生而得其樂，則此正乾坤熙泰之運，而萬物出震之機也。

爲人君者，代天體元，對時育物，則當其迎東郊而闢青陽也。其所以布德和令，行仁施惠者，固有異於尋常之時也。又況鰥寡孤獨、疲癃殘疾，顛連而無告者，無非吾赤子之失所，而反不若草木群生之遇陽春，則惡在其爲民父母也？此文王所以發政施仁，必先於斯，而《月令》所以發倉廩，開府庫，賜貧窮，行德惠，必在於春也。然則王者恤民之仁心，因春和而藹然開發，使斯民阽於危亡者，獲被與物同春之澤矣。又烏可少之哉？

雖然春之爲時也，在德爲元，在人爲仁，以生物爲心，故天地一春之後，雖陰崖寒谷，無不發榮。而王者所以法元、體仁之道，或有與天地之春不相似者，則雖歲下春和之詔，日行賑貸之政，無補於窮民之飢寒也。是故後世人君，遇饑歲則勤賑恤之法，當春和則舉興發之規，辭意之懇惻，惠澤之施布，可謂“濯痍煦寒，靡不用極”。

而夷考其實，反歸文具，廩貸之冠蓋相望，而溝壑之捐瘠益多；愍恤之詔令相繼，而道路之流離轉甚。然則是春和賑貸，非徒無益，而又害之，顧安所事此乎？

雖然是豈賑貸之過哉？惟在乎所以行之之如何耳。夫仁政本也，賑貸末也。以仁心行仁政，使斯民鼓舞於仁風、惠雨之化，歌詠於淪肌、浹髓之澤，則是非春和而亦春和也，非賑貸而亦賑貸也。所謂春和賑貸，特仁政中之一事耳。是故先王所以爲民者，不過乎不奪農時，制其常產，而使之不飢不寒而已，固不專事乎區區之賑貸爲也。

若夫後世之有賑貸之名，而無賑貸之實者，蓋由乎莫知行先王之仁政，而不能布春和之德於未賑貸之前也。彼逢春和而惟事賑貸者，豈能家賑而人貸也哉？

雖然見春而憂民，發棠而惠窮，亦是仁心之攸發，而王政之所不可廢者也。若以賑貸爲末，而竝與賑貸而不爲，則其害反有不可勝言者矣，此又不可以一概論也。

愚也每有感於先王賑貸初無春和二字，而又歎後世賑貸之未知春和意思矣。今來禮圍，所謂方春和時也，執事之問，無亦有感於斯耶？愚竊幸焉。

唐宋八大家

問：唐、宋八大家，文章之宗，而茅鹿門所以編次成書者也。

對：人皆知八大家之爲八大家，而不知八大家之外，別有眞箇八大家好文章。雖以執事之明識，猶且惓惓於是而止，甚矣習俗之難拔也。

噫！自人而言文章，則人亦文章，文章亦人也；自文章而言人，則人自人，文章自文章也。蓋所謂"有德必有言，有言不必有德"者，良以此也。

是故卽其德而考其言，則初雖不若文章家之文章，而其布帛菽粟之用，眞有文章家之所不能跂及者矣；遺其德而問其言，則初雖若不止於文章而已，而其雕餙、詭怪之迹，反有有德者之所不爲者矣。然則其高下去就之分，不待辨而可知也。

竊獨怪夫今世之言文章者，動必稱八大家，以爲之終身準則，而其他則不暇及，不惟不暇及，且不屑焉。何其自文章言人者之多，而都不肯自人而言文章也。是不但人自人，文章自文章而已也，其流之弊，必將并與其所謂文章者而失之矣。吁其可哀也已。嗟乎！夫孰知先文章者乃所以病文章，而先其人者乃能并得乎文章之眞箇妙訣耶？

乃若愚所謂八大家，則異乎衆人者之撰，濂、橫、兩程、邵、朱、張、呂是已，蓋不必借於唐而自己具於宋也。今讀其文章，皆所以上源唐、虞煥乎之文章，追述孔、孟炳若之文章，不學文章家詭遇之術，而正正之陣、堂堂之旗，逈出乎百家之上；不用文章家刻畫之態，而黯然之光，淵然之味，不磨於千載之下。日星於九衢，丹靑於萬目，使人宛然有飮河喫飯之益、弸中彪外之效，則其視世所謂八大家之緯章繪句，誇高鬪奇，苟悅一時之眼目者，其地位格品，果何如哉？

或者又謂"文章與道學有異，吾師其文章而已，其人則固可論於文章之外"也。此又世俗之謬見，而文與道爲二之患，未必不由於此言也。夫自文章而言人，且猶不可，而況外其人而言文章乎？其輕重本末之顚倒錯戾，若此之甚，則無惑乎愚所謂八大家之不明於世，而文章之日趨於詭卑也。

雖然世所謂八大家者，固非其至也，而若其辭發於性情之正，言出於義理之公，而爲程、朱諸賢之所取者，又烏可少之也？向使八家者，不徒役志於其所謂文章之末，而專用心於聖賢之文章，浚其源而清其流，溉其根而食其實，則其發而爲文章也，豈止於是而已哉？惜乎騎龍仙子自謂"有得於聖賢之糟粕"，實是李唐之第一人。而不幸出於濂、洛諸賢之前，不能有以講明而求益，乃曰"世無孔子，不當在弟子之列"，其所就也，卒不免於擇焉不精，語焉不詳之歸。

若眉山兄弟，才有餘而識不足，幸而與程子同時。而不惟不能學，又從而譏侮之、疾惡之，肆其浮薄之習，長其傾軋之風，洛、蜀分黨，卒貽世道無窮之害。則是有文章者，反不如無文章者之猶爲無弊也。

彼柳州之柔腸，金陵之拗性，又何足說？然則文章之不可不先言其人也，有如是矣。

愚也於文章瞀如也，而其於先後本末之序，粗有所得，每歎世之人徒知八大家之爲文章，而不知有眞箇八大家好文章，欲一遇讀吾書者言之矣。今執事之問，乃只及於世所謂八大家焉，無乃姑發其端，以觀愚生之俯仰耶？愚請自人而言文章可乎？

儲蓄備災荒

問：國之有儲蓄，所以備災荒也。

對：執事信以爲國家之儲蓄，惟在於務財用積倉廩而已耶？此非愚所謂儲蓄也。夫財者，不儲則散，不蓄則竭，而日用之所不可闕，生民之所賴以生者，則斯固國家之最先務也。而苟不得其道，則其所以儲蓄者，乃反爲生民之疾痛、國家之禍患，而卒亦不得其儲蓄之力，甚至於以吾之儲蓄，適足爲藉寇財齎盜糧之歸。則徒知財用之儲蓄，而不知其所以儲蓄之道，愚未見其可也，乃若愚所謂儲蓄則異於是。

夫人才者，天降以需國家之用者也。不有在上者儲之以禮、蓄之以道於平日無事之時，則顧何由得其用於板蕩艱危之際乎？必也致禮於旁招之時，推誠於歷試之日，見其犯顏而敢諫，則知其必能伏節死義而儲蓄之；觀其忘私而奉公，則識其必能鎮國安民而儲蓄之。以至於有一長則思所以任之，有片善則思所以獎之，培養作成之術，導率簡拔之規，靡不用極，然後方可謂人才之府庫，而有手足捍頭之效，無顛倒思予之歎矣。譬如天生財，以爲人之用，而必待人之儲蓄，然後乃可備二三千里之旱，而餽數十百萬之衆也。

且夫人才之儲蓄，本也；財用之儲蓄，末也。苟得人才之儲蓄而蔚然爲國家之楨幹，則財不期儲而自儲，粟不期蓄而自蓄。至於備災之術、捄民之策，特其設施中一事耳，彼財用之不裕，非所憂也。如或不務人才之儲蓄，而徒用心於財用之儲蓄，則愚恐財聚民散，悖入悖出，反不如初無儲蓄之猶爲無弊也。

抑又論之。有形之儲蓄，不若無形之儲蓄；有名之儲蓄，不若無名之儲蓄，則爲人君者，要在蓄其德而已。又何必區區蓄財爲哉？是故善儲蓄者，發政而施仁，輕徭而薄賦，藏富於民而無儲蓄之形，厚利於下而無儲蓄之名，視其倉廩府庫，若不及於務儲蓄者。而家給人足，愠解財阜之盛，乃是天地間大儲蓄也。此有子所謂"百姓足，君孰與不足"，而管子所謂"積於不涸之倉，藏於不竭之府"者也。夫豈若從事於三年之蓄、十年之儲，以爲備災、卹荒之地而已哉？

惟是人君不務乎此，而惟有形有名之儲蓄是務，故小人得以因其名而佐其欲，損下益上，頭會箕斂，卒至於崇其貨敗其國而後已，若桑弘羊、孔僅、宇文融、楊愼矜、陳京、裴延齡之徒是也。

是其用之者之本心，初豈欲厲民掊克以身發財也哉？直由於不知儲人才之道，又不知其本之在於一人之蓄其德也。故其所謂人才者非人才，而其所謂儲蓄者，以爲有利於國，而不知其終爲害也。賞其納忠而不知其大不忠也，嘉其任怨而不知其怨歸於上也。畢竟弄得出無限不好底光景，反至於府庫財非其財，則又何儲蓄之足云。

嗚呼！商紂以自焚而起鉅橋、鹿臺之財，德宗以出走而豐瓊林、大盈之積，天下之儲蓄，未有過於此者，而得禍之烈，亦未有甚於此者何哉？民者，邦之本也；財者，民之心也。心苟傷則本傷矣，本苟傷則枝幹凋瘁而根株蹶拔，若是乎儲蓄之不可以徒財也。

愚之素所蓄積者是說也，今何幸執事之先發其端也？

直

問：直者，天下之正道而萬事之正理也。

對：直之一字，兵家之妙訣，而吾儒門之能近取譬者也，何者？夫天下之事，直與曲而已矣。而直者常伸，曲者常屈；直者常勇，曲者常怯。是故古語曰"師直爲壯，曲爲老"，善用兵者，知其如此也，故其行師也，必欲其壯，不欲其老。而其所謂直與曲者，又不出乎義理與血氣之分而已。

蓋主乎義理者，無論強弱多少之勢，而先已有一"直"字在此，故其發之也，譬如千鈞之弩、百鍊之金，承當者無不百碎。彼初不以義理爲主，而全出於血氣所使者，雖自以爲莫壯於天下，而吾必謂之老矣，一遇義理關頭，則未有不索然而屈服。此必然之理也。

噫！西楚霸王天下壯士也，力拔山，氣蓋世。殺卿子冠軍，殺義帝，所過無不殘滅，一何勇也？及漢高帝用董公之說，三軍縞素，名其爲賊，而理之直處，氣隨而壯，向來羽之區區客氣，從此澌沮而不復振。由此言之，勇者不勇，直者爲勇；壯者不壯，直者爲壯。彼徒以強弱、勇怯之勢，論其勝敗者，非知兵者也。

噫！奚獨用兵之道爲然？吾儒之所以爲學者，亦若是焉。愚嘗聞夫子之大勇於曾子矣，"自反而不縮，雖褐寬博，吾不惴焉；自反而縮，雖千萬人，吾往矣。"夫褐寬博易惴也，千萬人難敵也，其強弱之相懸若不在於縮不縮之間。而聖人之言若是者何哉？誠以理者氣之主也，理直則氣壯，理曲則氣餒。方其不縮之時，非怕褐寬博也，怕理而不見褐寬博之爲賤也；方其縮之時，非輕視千萬人也，視吾理之勝而不見千萬人之爲眾也。

蓋天下之物，皆無足畏，而惟直最可畏；天下之事，皆無所恃，而惟直最可恃。苟吾之直，則其大無量，其剛不撓，與天理周流而無間，與天德自彊而不息。上而天，下而地，中而人物，皆其運用所及，雖旋乾轉坤之事也能做得，雖前鋸後鑊之威也不怕他。以此而往，賁、育失其勇，王公失其貴，儀、秦失其辯，良、平失其智，又何千萬人之足云？是故聖賢之道，必貴乎仰不愧而俯不怍。

又曰："內省不疚，夫何憂何懼？"其所以不愧、不怍、不疚、不憂、不懼者無他。以其自反而直，故氣亦隨而自壯，一滾襯貼起來，隨他甚樣大事，都無所疑憚也。一有不然，則仰而愧，俯而怍，內而疚，散漫蕭索，便成一箇衰颯底人。只緣自家心中，有箇不直底種子。故氣餒而怕事，無所往而不憂懼也。

正如智勇之將，先得義理之直，則其勝敗之形、得失之數，固已判然於胸中。而熊虎貅狖百萬之衆，又皆望其旌旄，聽其金鼓，爲之赴湯蹈火，有死無二，是以千里轉戰，所向無前。而孤城弱卒之嬰其鋒者，莫不一鼓而下。

彼自謂勇夫悍卒，而初無制勝、料敵之謀，又無蚍蜉、蟻子之援，徒恃其勇而挺身以赴敵者，非特功不可成，其不爲人所擒者，特幸而已。是由於原無直理壯氣之可以讋人而自不免其師之老也。若是乎"直"一字之爲兵家第一妙訣，而朱夫子論學之日，必以用兵爲證者，良以此也。

愚也志是說而欲一與直理之君子揚榷之雅矣。今執事臨戰藝之圍而乃以此爲問。愚聞不直則道不見，愚且以戰喻而直之。

《小學》

問：《小學》，朱文公所以蒐輯而教童蒙者也。

對：人人皆有腔子裏一部《小學》，特不自覺焉耳。是故朱子以前，久無小學之教，而朱子蒐輯之書，於是乎成焉。朱子以後，幸有《小學》之書，而朱子牖開之意，鮮有能體焉。然則無此書之時，固可謂無其書而不傳，而有此書之後，亦不以有其書而益明。

蓋緣小學之理具於心，而不能有以培根而達枝，故小學之教著於書，而不能有以敬受而蒙養也。不然則一部《小學》，有綱有目，有條有序，若是其深切著明，而讀之者又不爲不多矣，何其教化之不明，至此之甚也？

噫！惟皇上帝，降衷于下民，莫不與之以仁義禮智之性，則其所謂"灑掃應對進退之節，禮樂射御書數之文，愛親敬長隆師親友之道，所以爲修身、齊家、治國、平天下之本"者，蓋莫不粲然備具於厥初秉彝有順無彊之中矣，《小學》之教，夫豈外於是哉？卽不過因其所固有者而覺之耳。

夫以所當然之事，而提醒乎所固有之性，以方冊上之小學，而感發乎腔子裏之小學，則宜其無扞格齟齬之患，有習與性成之美，不翅若鍼磁之相投，桴鼓之相應。而究厥功效，乃反有大不然者，朱夫子所以體三代建學立師之意，勉來裔講習復初之道者，其意果安在哉？

雖然，後世小學之教，雖未能如三代盛時之大明，而其不盡至於壞性而頹綱，則實有賴於是書。蓋自秦火以後，經殘教弛，無由考較古人爲學之次第。若班固《漢史》，雖說小學、大學規模大略，而亦不見其間節目之詳。以故千有餘年之間，學者各以己意爲學，高者入於空虛，卑者流於功利，雖苦心極力，博識多聞，要之不背於古人者鮮矣。

一自淳熙丁未以後, 天下之人猶得以因此書, 而考三代教人之遺法, 識小子當行之美教, 此書之所表揚者, 知所以歆慕之; 此書之所貶戒者, 知所以羞惡之。使其中有志者, 有所憑依而遵守, 至於涵養而成就, 則朱子輯此書之力也, 其於風化, 豈惟有補於當時? 實乃有功於萬世也。烏可以有此書之後, 比而論之於無此書之時乎?

雖然,《小學》之書, 亦只是教他箚住脚跟, 存養根基, 開示進學之門庭, 要作做人底樣子而已。至於就上點化, 出治光彩, 則又必待窮理、修身上境界矣。

苟或雖知性分之所固有、職分之所當爲, 而不能有以實下工夫, 循序而進, 則必將有理會許多閑汩董之弊矣, 又烏乎可也? 此李周翰所以屢歎年歲之高, 而朱子[1]所以必欲主敬以補小學之闕者也。

如欲用工於此書, 而無負吾先生五十八編次嘉惠之至意, 則必也如許魯齋"信之如神明, 敬之如父母"之言。又體丘文莊與《孝經》相表裏之說, 毋謂《小學》只爲小子之學, 而造次必於是, 顛沛必於是, 然後方可謂善讀《小學》, 而與腔子裏所固有者, 洞徹無間, 有不可勝用者矣。彼束之高閣而終身不讀者, 固無論已, 其或讀之而書自書我自我, 又只爲敎童蒙之文具者, 抑獨

---

1 朱子 : 저본에는 '程子'로 되어있으나,《대학혹문(大學或問)》과《주자어류(朱子語類)》권17 3조를 근거로 바로잡았다.

何哉？

　　愚也每仰先賢小學童子之語，而願承教於當世大學君子之前矣。今來禮圍，明問及此，則執事其人也，愚也幸。

紀綱

問：治國之道，紀綱而已。

對：論天下之紀綱，不若論一人之紀綱，則執事何惓惓於天下之紀綱，而曾不及於一人之紀綱耶？噫！一人之紀綱，主乎天下之紀綱；天下之紀綱，本乎一人之紀綱。一人之紀綱苟立，則近而朝廷，遠而天下，何患乎紀綱之不立也？

　　夫鄉總於縣，縣總於州，州總於諸路，諸路總於臺省，臺省總於宰相，而宰相兼統眾職，以與一人相可否而出政令。于以辨賢否以定上下之分，核功罪以公賞罰之施者，此固天下之紀綱也。

　　然而天下之紀綱，不能以自立，必待人主之心術公平正大，有精粹純白之美，無偏黨反側之私，然後所謂紀綱者，始乃有所繫而立也。不然則譬如網之無綱而不能以自張，絲之無紀而不能以自理，上無以統下，下無以承上。朝廷之上，忠邪雜進而刑賞不分；士夫之間，志趣卑汙而廉恥廢壞。天下之風俗，遂至於靡然，不知名節、行檢之可貴，而惟阿諛軟熟、奔競交結之爲務，則紀綱二字，非所論也。

蓋天下之事，絲牽繩連，條分目布，欲隨條而理之，則不勝其煩，欲逐目而張之，則不勝其勞，而終亦必不可爲矣。惟振肅其紀綱而後，千紐萬緒不期順而自順，而振肅之道無他，在乎得其本而已。

是故一家則有一家之紀綱，一國則有一國之紀綱，莫不有先後、本末之序，得其序則治，失其序則亂。今自四海之廣、兆民之衆，而推以上之，約而言之，則第一箇大本，固不外乎一人一心上紀綱，則其可不思所以總攝而整齊之，使夫四海之廣、兆民之衆，舉皆各循其理，而莫敢不如吾志之所欲耶？

雖然，一人之紀綱，不能以自立，又必待親賢臣、遠小人，講明義理之歸，閉塞私邪之路，然後乃可得而立也。古先聖王所以立師傅之官，設賓友之位，置諫諍之職，凡以先後縱臾，左右維持，惟恐頃刻之間，一心上紀綱之或失其正而已。

惟其如此也，故朱子之於孝宗也，始見於隆興之初，再見於辛丑，三見於戊申，與夫壬午之應詔，庚子之應詔，戊申之封事，己酉之擬上，甲寅之擬上，乙卯之擬上，或奏箚於垂拱、延和，或奏箚於行宮、便殿。其所以惓惓疊疊，累千萬言而不止者，蓋不過乎先正一心之紀綱以立天下之紀綱而已，則天下之理，夫豈有加於此者哉？

愚每讀之，未嘗不慕仰歆服於大人格君之道，而又未嘗不歎息痛恨於時君之不能體行而奮厲，卒至於宋綱之不復振也。嗚呼！天綱不錯，而日月星辰各循其度；地紀不亂，而山川草木咸順其性。若夫人主之一心，又所以參天地贊化育之大紀綱也。苟能先立乎仁義禮智之綱，克張乎禮義廉恥之維，使夫宰執秉持而不敢失，臺諫補察而無所私，而以其大公至正之心，恭己而照臨之，先有紀綱以持之於上，後有風俗以驅之於下，則天下之理無所紊，萬事之統無所闕，朝廷、百官、六軍、萬民，無一不在於紀綱之中而治道畢也。

苟或不務乎此，而其所謂紀綱者，不越乎刑政、法制之末，便自以為千條萬目，盡已修舉，則是無異於人之有重病，內自心腹，外達四肢，無一毛一髮不受病者，而特以起居飲食，未至有妨，即以為安；屋之將傾，其材木之心，已皆蠹朽腐爛，不可復支，而特以輪奐丹雘，未覺有變，即以為完也。烏得免越人之却走，匠石之矙慭也哉？

愚也每歎朱夫子空言無補，而竊以為賈生之寒心，不徒在於漢時矣。今執事引而不發，以觀愚生之俯仰，敢不以平昔之所蘊，副執事所須哉？

士弘毅

問：曾子曰："士不可以不弘毅。"是其一體、一用，不可以一無者也。

對：天下無不弘底人，亦無不毅底人，特人自不弘不毅耳。何者？厚德載物，坤之體也，則語天下之弘者，莫此若也；行健不息，乾之象也，則語天下之毅者，莫斯若也。而惟人也稟其秀而最靈，具天地之體用，則凡此厥初，安有不弘且毅者乎？惟其氣質之拘、物欲之蔽，衆人之所不免也。

故或偏枯、隘陋而日趨於自小，或怠懦、消沮而日歸於自廢，以力量則不能勝重，以地步則無以致遠。歷千萬世，滔滔皆是，殆無異於蚊負山而蛇馳河，其視聖賢擔得重任，到得遠道，不翅若童子之與賁、育，則若是乎弘毅之士之難得也。

雖然，弘不自弘，必有所以弘焉；毅不自毅，必有所以毅焉。夫以能問於不能，以多問於寡，有若無，實若虛，犯而不校，則其容受承載之寬廣，自有不期弘而弘者矣。可以託六尺之孤，寄百里之命，臨大節而不可奪，則其執守負荷之强忍，自有不期毅而毅者矣。吾人之所以全其天地之弘毅者，蓋未嘗不在乎此。而從古聖賢之能弘毅者，亦不過如斯而已，是惟在爲士者自處之如何耳。

雖然，知弘之爲弘而不知以毅行之，則無規矩而難立，必至於間斷自怠之患，此正所謂"雖勝得重任，恐去前面倒了"者也。知毅之爲毅而不知以弘主之，則狹陋而無以居之，必至於偏小自足之弊，此正所謂"自家不曾擔着，如何知得他重與不重"者也。必也言其弘，則如大車之載重；言其毅，則如健馬之致遠。任之雖優而又必須堅忍不息之功，行之雖力而又必資該括無遺之體，然後方可謂"眞箇勝重任致遠道之弘大剛毅者"矣，其爲工也不亦難乎？

抑又論之，是弘毅也者，固不可不并行。而弘者易失之不毅，毅者易失之不弘，苟不能實驗而體行，必不免執一而遺一，自謂弘而反歸於廢半途之恥，自謂毅而反流於足一善之陋。則其所謂弘，非吾所謂弘也；其所謂毅，非吾所謂毅也，斯非其尤難者乎？

雖然，徒以弘毅之不可偏廢，而却不曾眞箇知得這擔子重，眞箇驗得這道路遠，迺欲以身扛夯，一蹴到千萬里，則不惟不能擔得遠去，吾恐邯鄲之并失故步，直匍匐而歸耳。此又學者之不可不戒者也。

嗟乎！夫孰知世之不能弘、毅者，本自無不弘、無不毅耶？又孰知聖人之勉人，未嘗不因其所固有而所可爲者耶？愚也每驗《羲易》之象，而有感於子曾子拈出"弘"、"毅"二字，開示後人之至意，一欲與當世之君子揚確之雅矣。今何幸顚倒於先生問也？

司馬《史記》

問：周、秦以後，史多闕失，所傳信，惟司馬《史記》也。

對：以馬而喻馬，不若以非馬而喻馬，則論史者，何必曰馬乎？虞夏、商、周之書尙矣，無容議爲。蓋自《左氏》以下，史之名於世者，不爲不多，而世之學史者，動以馬爲主，論說引据，不出於其中。故率多因是而自歸於錯漏、牴牾之科，此以馬而喻馬之弊也。

今若以非馬而喻之，則其傅會、舛繆之失，固不可掩，而文章之千情萬態，亦可以益見矣。欲讀馬《史》者，烏可不先於非馬也哉？

雖然，馬之爲史家之宗者，亦豈無所以而然耶？蓋其奇偉之才、跌宕之氣，當聖遠經殘之日，承戰途橫潰之後，以弱冠之年，慨然有壯遊之志。逐乃探禹穴、闚九疑，浮沅、湘；涉汶、泗，講業齊、魯之都，觀孔子之遺風，則其胸中固已吞得八九雲夢，有非區區讀書者之比矣。

及夫遭時不幸，阨困幽憤，無以自伸其壹鬱不平之意，則於是乎上述黃帝、陶唐之世，下逮太初、麟止之時，旁采經傳百家之語，馳騁上下於數千百載之間，而勒成一家之言，卒不負河、洛執手之託。其隱約發憤，直欲與放逐之《離騷》、臏脚之《兵法》，朝暮遇焉，則凡此百三十篇五十二萬六千五百字之內，莫不有無限言外之意，是豈可徒以記事之史言之者哉？

且其爲書發凡起例，變編年而立紀傳，雖其進退抑揚之間，不能皆合於聖人之法度，而要之尊尚仲尼，表章六經，使後世之人有所考信，則又曷可少之哉？

雖然，子長之所自託者，孔子也。夫孔子之於《春秋》，因魯史而修之，寓褒貶於二百四十二年之間而已，何嘗有一毫私意於筆削之際？而子長則不然，欲將一部《史記》，隱然作自家訴冤、洩悲之具，今讀其書，如《貨殖》、《游俠》等傳，無非怨戾窮、羞仁義底話頭。而前輩所稱"讀《刺客傳》，則令人有爲人報仇意；讀四君傳，則令人有下士急難意；讀《屈賈傳》，則令人有悲不遇之意；讀《魯連傳》，則令人有輕爵祿之意"者，皆其託寓之所感也。其文則誠工矣，其志則誠悲矣，苟以律之於聖人之筆，則不亦左乎？然則其所謂史家之宗者，反不如他史家之猶爲無許多私意也，又何可徒以其文而不思其爲《春秋》之罪人耶？

雖然，吾之所取者，特以其雄傑、奇麗之筆，錯綜、包括之思，曠百代而獨立而已。若其義理之繆戾，辭意之舛錯，亦惟曰"以非馬喻之"而已。如欲用馬之長，棄馬之短，而不失乎讀《史》之法，則舍是道，何由哉？

愚也每於讀馬《史》之際，未嘗不傷其志，奇其文，而惜其人之不聞聖人之道，又歎世之論史者，率不免於以馬喻馬之失矣。今奉明問，正激愚衷。

樂

問：樂者，治道之發於聲音者也。其有關於國家，顧不大歟？

對：治不在樂，而善言治者必有驗於樂，樂乃治道之影子耳。夫影也者，待形而生，形妍則影亦妍，形醜則影亦醜，以至於大小長短、曲直斜正，莫不視形爲象，固不能使之毫髮爽也。

而謂之形則非也，今若執其影之所及而驗厥形之如何，則猶之可也，不揣其形而欲齊其影，則天下烏有是理？然則君子之言樂者，亦惟曰考其本而已。

夫戛擊鳴球，搏拊琴瑟，堂上之樂也；管鼗笙鏞，合止柷敔，堂下之樂也。此豈非至治之樂，可以驗其世者？而後世之奏雅樂也，亦莫不遵而用之，誠以太虛浮雲之影子，猶有依俙彷彿於一夔之言也。

然而有虞之後，更未聞有有虞之治，此非由於擊拊合止之不得其節而堂上堂下之或失其度也。模倣於音響、節族之末則易，挽回於嵬蕩、無爲之象則難耳。

由此言之，樂可以驗治而治不可以徒樂，治可以作樂而樂不可以爲治。此鄒夫子所以告齊王以"今樂猶古樂"，而先儒所謂"苟無其本，則雖奏以咸英、韶濩，無補於治"也。

今或曰"上世有上世之樂，故能成上世之治；後世用後世之樂，故不免後世之治"，則是何異於指水中之月而曰"此月之本體也"哉？

雖然聲音之道，與政相通，興隆之際，必有一代之樂，亂亡之世，亦有當時之樂。故聽舞獸儀鳳之音，則使人有和平之意，聞《玉樹》、《伴侶》之曲，則使人有悲哀之思，良以樂足以寫治而聲足以感人也。伯牙撫琴而六馬仰秣，瓠巴鼓瑟而游魚出聽，固其理然也。

是故金、石、絲、竹之微，而俗之汙隆見焉；鏗、鍧、鏜、鞳之間，而意之邪正寓焉。先王所以必欲化之以中和，導之以興起，使之動盪血脉，流通精神，蕩滌其邪穢而消融其查滓，舉一世而措之於春風和氣之中者，惟在於一"樂"字。則此傳所云"審樂以知政，惟君子爲能知樂"者也，又烏可謂治之隆替不由於樂，如唐太宗之言乎？

抑又論之，樂之所由生，又在乎一心之所感。哀心感者，其聲噍以殺；樂心感者，其聲嘽以緩。感於怒，則壯以厲；感於愛，則和以調。是以君子之聽之也，其感於心者亦異。聽鐘聲，則思武臣；聽磬聲，則思死封疆之臣。聽琴瑟而所感者，忠義也；聽鼓鼙而所感者，將帥也。則向所謂驗治而知政者，都不外乎一心上所感之如何，是其符應之微妙，不翅如印迹之不差。而世之論樂者，乃欲尋之於音節、器品之間，殆同畫師之畫影而反失其眞。吁其可歎也已。

雖然，謂樂以爲治之本，固不可也；謂以無與於爲治之術，亦不可也。蓋中和者，本也；容聲者，文也，二者不可偏廢。故先王守其本，未嘗須臾去於心；行其文，未嘗須臾遠於身。興於閨門，著於朝廷，被於鄉遂、比鄰，達於諸侯，流於四海，自祭祀、軍旅，以至於飲食、起居，未或不在禮樂之中。則樂之本，固已在於心；而樂之文，自然形於聲也。故曰"無本不立，無文不行"，斯詎非論樂之第一妙訣耶？

嗚呼！樂非治也，而欲驗於治者必以樂焉；影非形也，而欲觀於形者必以影焉。彼測黃道之輝者，不因土圭之影而何以哉？

愚也每於古人之論樂，未嘗不有感於本末之相須，而恐不免於尋聲捉影之譏，欲一與當世之善言治者驗之矣。今何幸執事之叩之使鳴也。

東方疆域

問：在昔東方疆域分列，多未可詳。然考諸遺史，尚有可指而認者矣。

對：東方之人，常恨東方疆域之小，愚則以爲今天下惟東方疆域最大。何則？畫埜分州，界山限水，此固疆域之謂。而所謂疆域之外，又有眞箇好疆域焉。今若以幅員之廣狹、道里之遠近爲疆域之大小，則東方之於天下，不翅若蝸角之蠻、蚊眉之鷦。而苟以明倫綱、秉禮義，爲之疆域，則孰有大於東方者耶？

嗟夫試看今日之天下，竟是誰家之疆域？軒轅所畫，禹迹所掃，陸沈於氊裘之場，而堂堂神州之禮樂、文物，不可復見，則中國之疆域，雖以付之於一龜茲可也。而惟此環東土數千里疆域，獨保崇禎後日月，則其山川之秀麗，風俗之美好，殆同金甌之無一欠缺，宛然有大明天地之氣象矣。此豈非宇宙間好箇大疆域耶？

且夫大而有不大者焉，小而有不小者焉，故古人或有"小朝廷"之語，或有"崖州大"之說，此皆不以地界之大小而言之者也。然則昔日東方之稱以小中華者，以其有大中華也，而今其大者，非復舊時疆域矣。地維淪陷，山川變易，曾無一片讀《春秋》之地，而吾東方三百六十州之疆域，蓋無非中華之衣冠謠俗，則優優乎大哉，奚可以小云乎哉？

苟使東方疆域，不有鴨綠一帶之限，而參錯於靑、徐、荊、楊之間，則不過爲腥羶中一州郡而已，又安能爲天下之別乾、坤大疆域耶？由此言之，東方疆域之僻小隘陋與中國隔遠者，昔人所謂不幸，而以今觀之，則未必非幸也。吾夫子之所嘗欲居者，安知非睿視無涯，固已知中國之禮樂文物，畢竟不在於中國而在於東方之疆域中耶？

雖然，今之論東方之疆域者，大而言之，則不過曰"東至于渤澥，西至于鴨江，南極于瀛洲、鬱陵之島，北鄰于靺鞨、肅愼之地"而已；小而言之，則不過曰"三南之疆從某至某，兩西之域如此如彼，關東、關北以某郡爲界，畿內、畿外以何州爲境"而已，未嘗有探地理而溯遺風。如朱子之論冀州好風水，爲堯、舜、禹故都疆域，則是何異於操虛券而誇富者哉？

蓋我東之疆域，自中國言之，則只是燕、齊外東南一小國也，自國中言之，則只是畎、于、黃、白等九夷之居也。而所以爲禮義文明之邦，眞無愧於中華之稱者，寔由於父師之己卯都平壤以後，教化制度，有足以揭日月而弊天壤。故其流風遺俗，至今猶有歌《麥秀》之義，而一隅彈丸之得免於左袵之小疆域者，苟究其所由來，則非一朝一夕之故也。

然則我東之平壤，卽中國之冀州，而所謂"白頭以爲根，豆滿、洱水以爲界，妙香、九月以爲枝葉"者，卽雲中之脈，黃河之繞，嵩、華之案也。若夫此疆彼界之闊狹遠近、沿革分合，則一輿圖盡之矣，又何必舍其本而規規於其末也哉？

嗟乎！夫孰知天下最大之疆域，乃在於左海之東，而其所以爲大者，不在於地方之大小耶？愚也每歎東人之局於疆域而自小也，思欲就當世知大體之君子，一質之矣。今何幸執事之問，犁然而至也。

威儀

問：德性內養，發爲威儀。威儀者，賢愚、吉凶之符也。

對：威儀可以觀人，而觀人不可徒以威儀。何者？以言取人，失之宰我；以貌取人，失之子羽。言與貌尚失之，而況於威儀乎？是故君子之所以自修者，必先務乎其本，本既立矣，則威儀特其發見之影子耳。

噫！公孫碩膚，德音不瑕，故其威儀也，有"赤舃几几"之象；天縱將聖，道全德備，故其威儀也，有"衣襜"、"趨翼"之容。蓋其盛德之至，動容周旋，自中乎禮，故和順積中，英華發外，篤實輝光，睟面盎背，藹然自有不可得而掩者矣。此後人所以依俙模象於《狼跋》、《九罭》數句之中，袞衣、繡裳如或見之，而《鄉黨》一畫，宛然聖人之在目也。

雖然彼威儀也者，固德性之所發見，而比之於本，則抑末也。今若徒以威儀而觀之，則世固有無其實而嫻於威儀者，端嚴其容貌，整肅其衣冠，周旋、進退之節，登降、拜揖之儀，非不厭然外餙，望之儼若，而夷考其實，不翅若優孟之象叔敖，若是者其可以威儀而取之乎？

漢成帝尊嚴若神，史稱其有"穆穆天子之容"，則可謂有威儀矣，而語其德，則不過湛于酒色而已。王夷甫風采秀徹，人疑其瑤林瓊樹，則可謂有威儀矣，而語其行，則不過淸談亂俗而已。其他如晉平之虎豹畏伏，王商之單于退却，不可勝數，則威儀之修飭，適足爲矯情·飾詐、欺世·盜名之具，而反不如不事威儀者之猶有任眞坦率底意也。可勝歎哉？

雖然，古人有言曰：“君有君之威儀，臣有臣之威儀。”君之威儀，非袞冕淵默之謂也；臣之威儀，非紳笏拱趨之謂也。所以爲威儀者，必有其本也。故在位可畏，施舍可愛，容止可觀，聲氣可樂，動作有文，言語有章，其所以形諸外者，不一其端。

譬如美玉之所以爲寶者，以其質則溫潤、縝密也，以其色則潔白、瑩澈也，以其聲則鏘然而淸越也，視彼蜃蛤珉石之徒能炫燿奇怪者，亦遠矣。然則觀人者，雖不可徒以其威儀，而亦不可不以威儀。

彼以一擧足而爲利害之所召，以一奉幣而爲禍福之所係者，良由於驗其本之所存而已。此聖人所以必貴乎文以君子之容，實以君子之德，而眞西山所謂因其外以覘其中者也。

雖然，威儀固所以觀人，而人能終日不失於百拜之儀，而不能不惰於暗室之中；終身不越於尺寸之規，而不能不喪於暫忽之間。則此雖與矯飾者不同，而亦非所謂表裏洞徹者矣。今以一威儀，而謂足以因影尋形，則不亦迂乎？

雖然，寥寥千載，繼周、孔而爲能內蘊君子之道德，外發君子之威儀，體用一源，顯微無間，精粹純白，無少瑕翳，可以爲後世儀表者，惟明道之儼然泥塑，伊川之揚休山立，紫陽之規步矩趨是已。若是乎威儀之難，而不可以聖賢之威儀，責之於人人也。然則學者苟能先務乎一箇大綱領而致工於三千之目，則斯亦不易得者矣，又烏可以一概論之也哉？

愚也每歎世人不知威儀爲發見之影子而失之於言貌者滔滔皆是，一欲與當世之眞箇有威儀者講此義矣。今執事儼然臨圍，首以此爲問，愚請整容而仰對焉。

財成輔相

問：古聖后所以扶佑下民，不外於財成輔相也。

對：一自"財成輔相"四字出，而世之爲人君者，徒知財輔之爲左右民之道，不知其所以財輔者乃從一心上推去。苟能財輔此心，則其於治天下也何有？

噫！從古聖帝明王之所以財成天地之道，輔相天地之宜者，必有所以然之本，而特夫子於此不言耳。蓋財成者，所以制其過也；輔相者，所以補其不及也。王者所以必貴乎財制而輔助者，不過欲其無過不及而歸於中也。

然而天下萬事之歸於中，未有不自一心之先得其中，則王者固天地之心，而天地之道，又必本於王者之心，此朱子所以有印本之喻而斷之以萬化之原者也。是故堯之於舜，將畀以財輔之責，而必先以其所以為之者，傳之曰"允執厥中"，斯一言可謂至矣盡矣。而猶未拈出一"心"字，故舜之授禹也，乃復益之以三言，兩下說破，指示財輔之妙，所以明夫堯之一言，必如是而後可庶幾也。

夫心之虛靈知覺，一而已矣。而或生於形氣之私，或原於性命之正，危殆而不安，微妙而難見，二者雜於方寸之中，而不知所以財輔，則危者愈危，微者愈微。心且如此，尚何左右民之可論哉？

惟其精之、一之，必使道心常為一身之主而人心每聽命焉，則斯其財輔之極功，而向之危者安，微者著，動靜云為，自無過不及之差矣。此堯、舜、禹所以恭己南面，範圍天地，其財成輔相之功，有非後世所可及者也。

雖然，時有古今之異，而理無彼此之殊，世雖遠於唐虞，言猶存於簡冊，誠能留意於傳授之心法，以一心之財輔，為天地之財輔，則蔿蕩、熙皞之治，可以復見於今，而地平天成之休，不獨專美於昔矣。若是乎天地之不外於方寸，而財輔之莫先於本源也。

雖然，心固本矣，而苟不能真用力於精一之實工，卻自謂"吾已得執中之妙訣，彼財輔之功，特次第事"云爾，則表裏本末，俱無着落，而其弊乃有不可勝言，反不如徒致意於法制施為之末者矣，烏可乎哉？

抑又論之，自其同者而言，則財成、輔相，皆所以爲教率、輔翼之資也。自其異者而言，則天地之道，以氣形全體言；天地之宜，以時勢所適言。財成者因其全體而裁制其節使不過，輔相者隨其所宜而贊助其不及也。自其大者而言，則君臣、父子、兄弟、夫婦許多禮數倫序，皆裁成制下者也；自其小者而言，則春耕、秋穫、高黍、下稻之因時制宜也。

以四時則氣化流行，籠統相續而截做段子，爲春夏秋冬之節；以四方則地形廣邈，經緯交錯而裁作限界，別東西南北之區。推而至於萬事萬物，莫不皆然，至此而聖人之能事畢矣。而其仰觀俯察之際，爲天下後世慮，可謂至深遠矣。

向使無聖人者作，贊天地之化育而與之參焉，則雖曰"天地萬物，本自有此理"，又焉能裁截成就若是齊整，而輔助健順之功，遂生養豐美之利乎？

雖然，聖人亦因乎天地交泰之時而已。朱夫子有言曰："萬物各遂其理，方始有財輔處，若否塞不通，一齊都無理會了，如何財輔得？"蓋天地氤氳之化，必待泰通之時，始有運行之迹，而其財制而輔佐，亦不能無待於聖人。此堯、舜、禹所以克做財輔之功，而吾夫子不得行財輔之道者也。古人所謂"雖有十堯，不能冬生一蓮"者，豈虛語也哉？

愚也每有感於財輔天地之本，在於一心之財輔，而聖人之財輔，又必須天地之交泰，欲一質於當世之贊財輔者，日月稔矣。今何幸得執事之裁教也？

武藝

問：先王之治，安不忘危，閱武試藝，時宜之不可廢者也。

對：兵可百年不用，不可一日無備，則閱武、試藝，所以不忘一日之備，而其效可以不用百年之兵。苟或以目前之無虞，姑息偷安，則不待百年，必有一日之憂。斯豈非有備則無患、無備則有患者耶？

夫天下之事，在乎熟而已矣。彼秋之奕、遼之丸、邯鄲之步、江南翁之注油，不過一小技。而只以習熟之故，皆能絶代而獨立，舉天下莫能當，況於武藝之精熟乎？

是故從古有國者，蓋莫不以閱武試藝爲保邦固圉之第一急務，教之以坐作、進退之節而賞罰必施，鍊之以擊刺、馳突之法而號令必明。當其無事之時，而已爲先事之備；迨此未危之際，而早講慮危之策。則此大《易》所謂"其亡其亡，繫于苞桑"，而"銷患於未形，保治於無極"者也。其視狃治安而廢談兵，豈不相萬也哉？

雖然，閱武而試藝，豈宣謂炫燿其戈甲，閃颭其旌麾，略施布陣之法而姑應操鍊之名，模倣交鋒之形而聊作嬉笑之具，有若葫蘆之依樣，兒童之迷藏也哉？

蓋自軒轅習用干戈之後, 卽有是武藝。而其所謂武藝者, 不專在於武藝之末。明射侯, 奮武威, 虞氏敎養之術也, 故苗頑逆命, 而伯禹誓師, 克致一心力之休。大司徒、大司馬, 周家鍊習之制也, 故武庚作亂, 而周公東征, 能底正四國之效。

至於"春敎振旅, 秋敎治兵", 而其節制紀律, 足以爲禦侮之方; "徒御不驚, 大庖不盈", 而其法度威令, 足以爲壯猷之資。則安平無虞之時, 固已有泰山磐石之固, 而雖或有意外之警, 亦可以談笑而待之矣。閱武、試藝之義, 夫豈徒然而已哉?

雖然, 上世之所謂閱試者, 其見於射御、合圍之間, 則抑末也, 苟究其本, 則不過曰以是心, 行是德也。不能從事於其本而徒規規於末節, 則是何異於諉之以干戚之舞, 不能解平城之圍, 而便謂虞舜之文德, 不及陳平之奇計也哉?

羅隱諷錢王之言曰: "錢塘之樓櫓, 何不移向心內設之?" 吳起對武侯[2]之語曰: "若不修德, 舟中之人皆敵國。" 善哉言乎! 苟不能設樓櫓於心內而修其德以撫山河之寶, 則彼閱試之行伍卒乘, 安知非皆我之敵國乎?

是故晉文之始入而敎其民也, 子犯以爲"民未知義"。於是乎出定襄王, 入務利民, 則又以爲"民未知信"。及其

---

2 武侯 : 저본에는 '文侯'로 되어 있으나, 《사기(史記)》 권65 〈손자오기열전(孫子吳起列傳)〉에 근거하여 바로잡았다.

伐原也，又以爲“民未知禮”。至於大蒐而民聽不惑，然後出榖戍，釋宋圍，一戰而伯。則閱武者，特禮信義之外具，而君子所以一言蔽之曰文之敎也。

然則向所謂虞氏之格有苗，未嘗不自鼓琴而詠風也；“周家之正四國”，未嘗不由歸馬而放牛也。若是乎一人之心、一人之德，眞爲閱武之根柢，而使斯民知親上死長之義者，乃可以無敵於天下也。

雖然，後世所以守國而保治者，亦不能無待於閱習之詳密。倘若以閱武試藝，付之餘事，擔閣一邊，而徒曰治莫先於文德云爾，則其所謂文德者，不越乎文詞、談論之間。而一有曳落河鐵騎長驅，則所以應之者，亦不過乎白面劉秩而已，其弊必至於蒼黃失措，土崩魚駭，終不免賦詩退虜之譏矣。至此而反不如粗依兵書、略試陣法之猶有敎戒課習底意也，又安可坐談龍肉而欲廢目前之常味耶？

於乎！去兵乃所以召兵，忘戰乃所以速戰。故古之善爲國者，不以兵凶戰危而一日忘於百年之間，卒至於海波不揚，武藝無用，固未嘗以文德之敷而遂廢武威之備也。愚也幸生於有備無患之世，每欲以先後本末之言，一質之於文武吉甫而未有路耳。今何幸執事之考文才而詢武藝也？

慶賀

問：自古國家有慶，必有賀。慶賀之禮，顧不重歟？

對：有名之慶賀，不若無名之慶賀，則有國家者，苟其有慶賀之實，顧何待於慶賀之名也哉？是故干羽之舞，能底有苗之格，則其爲慶也莫大於是，而其所以志之者，不過曰"三苗丕敍"而已。明堂之化，克致白雉之獻，則其爲慶也莫美乎斯，而其所以處之者，不過曰"歸王薦廟"而已。

此其於有慶有賀之義，若有不足者。而今卽此數語，宛然如見其春風舒日之中，陰崖草木，亦皆發榮；太和元氣之內，鯨海層波，無不安帖。歷幾箇絳縣甲子，猶可以髣髴想像於方冊上影子，則此眞所謂無名之賀，而豈不反有勝於以慶賀爲名者耶？

噫！有其實，則雖無其名而自有不名之名；有其名，則雖有其實而必有過實之名。凡事皆然，而況一"賀"字之遇慶而飾喜者乎？古之善爲國者，爲是之慮，當其有慶可賀之日，雖其實之足當其名，惟恐名之或浮於實。鋪張贊頌之辭，絕罕於拜手颺言之時；抃蹈詠美之舉，不事乎一堂都兪之際。慶無名於風雲咫尺之天，而人自得於湖山千里之外，惟有一片春光，畫得無象之太平。而其所以爲不賀之賀者，殆亦無異於善畫者之得神格於丹青之外，則其爲賀也，孰有大於斯者哉？

然而猶以爲末也。 非徒無賀之名而已，又從而惕慮之，儆懼之，怠荒傲虐之戒，不絶於薰琴之側，逸田酗亂之警，恒陳於黃羅之前，有若深憂大患，迫在朝夕者然。自其可賀者而觀之，則可謂過矣，而自其無名者而言之，則其所以憂之者，乃所以爲慶也；其所以戒之者，乃所以爲賀也。苟使不以賀爲戒而以賀爲賀，則雖日陳賀語，猶爲不足。

而自後世觀之，未必有補於盛德至治，而其嵬蕩邦隆底氣象，又未必若彼之輝映灑落，亘萬古而愈光矣。然則千古之大慶，固莫此日若也；而人臣之善賀，亦莫此時若也。 慶之爲慶，豈亶由於以慶爲慶；而賀之爲賀，亦豈在於以賀爲賀耶？

雖然，苟有其實，必有其名。 彼實可慶而實可賀者，雖無慶賀之名，終有所掩不得者，則有慶之實而有賀之名，亦理勢之所必然也。 今若以無名爲勝於有名而遂廢自然之賀，則是猶畫師惡丹青之繁亂，幷與水墨而不爲，自以爲得妙格，而吾不知白地上所畫何物。

是殆不通乎古今之時宜、名實之相隨，而所謂以無名爲勝者，畢竟反至於全爲名之歸矣，烏可乎哉？必也先其實而後其名，無忘乎古大臣以賀爲戒之意而不至於以名爲賀之域，則斯可得繪事後素之義矣。 以此言之，有名之慶賀，雖謂之不讓於無名之慶賀，亦可也，又豈可以一概論之也？

愚也志是說，欲一與當世遇慶同賀之君子揚搉之久矣。今承執事之問，愚竊賀焉。

太學

問：太學者，賢士之所關而教化之所由興也。

對：人皆知太學之爲太學，而不知太學之所以爲太學，則無惑乎太學之士不如古而太學之教不復興也。

噫。自唐虞以前無傳焉，吾不知已，至若六經所載、傳記所稱，則蓋亦論之詳矣。粤自有虞氏命夔典樂以後，學校之政專在乎樂。若《戴記》之四術、四敎、釋菜、入學等許多般節目，皆命樂正以掌之；《周禮》之春入·秋頒、成均·國子等一副當教灋，悉屬大司樂以治之。以至養老之禮，一歲七行，而必設大合樂之儀、視學之典，季春一學，而亦有奏六樂之節，凡係太學之事，罔不以一樂字爲第一義。

蓋其曉之以言語，不若化之以律呂；導之以命令，不若動之以聲音。故帝舜之命九官也，以教胄之任，不付之於敷五教之契，而別責之於諧八音之夔者，夫豈偶然乎哉？

嗚呼！樂之爲道也微矣，而其於教育人材、成就俊秀之方，尤爲要且切焉。蓋將使人詠歌舞蹈，抑揚反復，養其中和之德，救其氣質之偏，興起之於比興、永言之間，調和之於音響、節族之外，以之動盪血脉而流通精神，以之蕩滌邪穢而消融查滓。

及其眞積力久，自然和順於道德，則其體用功效，廣大深切，而所以斟酌飽滿，鼓之、舞之之妙，有莫知其所以然而然者矣。

是故三代之學，莫不以樂爲其具焉。其教者，爲之樂祖而祭於瞽宗；其學者，先以樂德而習於米廩。西序、東膠之所養者，無非是樂之和也；上庠右學之所饗者，無非斯樂之成也。秀士、選士、俊士、造士之各以其序，則所謂金聲而玉振也；深衣、燕衣、縞衣、玄衣之自有其義，則所謂律陽而呂陰也。茲豈非太學之所以爲太學，而教士之法不在他而專在此者耶？

自茲以降，樂道漸崩，《簫韶》之成，已遠於西郊之故庠；金石之聲，徒聞於東魯之舊宅。合舞、合聲之教，八變、九變之法，與夫《肆夏》也、《采齊》也，陰竹之管、龍門之琴瑟，徒作故紙上空談虛影。而其所以爲太學者，不越乎三門・四表之制、圓冠・方領之樣，則吾夫子成於樂之訓，駸駸然遂廢；而三月忘味之感，安得不起千載之恨耶？

雖然，古樂之所以爲太學教人之具者，其亡已久，自晦翁時已有不可復見之歎。則今雖欲復古之道，殆同無薊之不托矣，又不若只就以樂爲教之義。以鄒聖明人倫之訓，作爲綱領，以程、朱議學制之規，備其條目，各自俛焉，以無失古聖王本意，則庶幾先儒所謂無樂之器而有樂之用矣。然則樂云樂云，鍾鼓云乎哉。後之欲興太學之教者，其毋以樂亡爲諉而致思焉，則雖無其樂，而樂亦未嘗不在其中矣，此又不可不知也。

愚也抱是說稔矣。今執事晨入太學，招諸生而以太學爲問，欲隕之淚，正得雍門琴也。

勿字旗

問：先儒以"勿"字有旗脚之形，謂之勿旗，其取譬之義，可得聞歟。

對：人皆知勿旗之爲勿旗，而殊不知聖門中自有箇一副當大旗鼓，特未如勿旗之說出註脚耳。夫旗者，戰陣之用也。先儒旣以此爲言，則愚亦請以戰喻。

蓋顏子之所以爲亞聖者，在乎克己復禮，而其目則有四箇勿字，此所以象其形而謂之旗也。若吾夫子之所以爲大聖者，亦惟在乎絕四，而其目則有四箇母字，母字之象則鼓也。

夫勿者，禁止之辭也。故以之爲克敵之資而旗以麾之。此則顏子地位，不過爲夫子之副將。而至於母則無之謂也，不待禁止而自無敵之可克，則此眞上將之不勞兵革者也。

嗚呼！夫子之爲將也，其諸異乎人之爲將也歟！闢杏壇於農山、沂水之間，懸絳帳於三千列侍之上，不踰矩之"不"字，則椅子之象也；罕言利之"罕"字，則張蓋之形也。以言乎一貫之"一"字，則似乎矢；以言乎時中之"中"字，則似乎盾。"心"字之樣，其非弓乎？"勇"字之狀，其非胄乎？

於是乎以井井之陣、堂堂之旗，儼然操毋鼓而臨之，則天君泰然而百體從令，不怒而威，不謀而定，一視一聽，一言一動，不待勿旗之麾，而自有以係三軍之耳目。一鼓而"意"字之形，固已自跪於軍前；二鼓而"必"字之象，又已自縛於麾下；三鼓而"固"字，自有圍囚之狀；四鼓而"我"字，自無枝梧之勢。

向所謂椅・蓋之具、矢・盾・弓・胄之用，舉皆折衝乎樽俎之間，而寇敵之爲吾害者，倐已望風而奔散。則此夫子所以爲大勇而箭箭中紅心者也。尚何賴乎勿旗之盡力舍死、向前鏖殺底手段耶？然則"軍旅之事未之學"者，不過對衛靈之言，而"戰則克"之訓，乃其自道也。

彼子路徒恃暴虎馮河之勇，乃有行三軍之問，而夫子不與也。獨有顏氏子以明睿剛健之姿，當紅爐點雪之時，雖有克敵之才，未得一枝之兵。故特以四箇勿旗，呼而命之，使之雷厲風行，天旋地轉，高擁於克己陣邊，快揮於非禮場中。是旗飄處，無敵不摧；斯旗向時，無物不靡。則彼九斿之斾，通帛之檀，鶉火之旟旐，白羽之旌旝，皆不能無棄而走之患，而至於勿旗，則一麾之間，便奏天下歸仁之功，當時"請事"之一言，足當班師之凱歌。

而朱子所謂顏子是創業之君者，都是勿旗之奇勳也。而苟究其本，則皆從毋字鼓中鼓出來者也。顏子之外，惟曾子得聞夫子之大勇，故"千萬人吾往"之氣象，便有萬夫不當之勇。此顏、曾所以獨得其傳者也。今若只論四勿之爲旗而不論四毋之爲鼓，則是不知毋與勿之分，而得無旗鼓不備之歉乎？

雖然，向非旗脚之喻，則孰知勿字之爲顏子克敵之具，而又孰知聖門之自有大旗鼓耶？自是而爲克己之工者，有所依做而想像，宛然有央央大旆致死廝殺之象矣，其有功於聖門，又如何哉？

愚也得是說，思欲與當世之學顏子者立幟而論之矣。今幸得執事而傾倒之，執事其毋曰"乃言儒生之談兵也"。

同類相應

問：物有物類，事有事類，類之相應相隨，理之常也。其感應相須之妙，可推類而極言之歟？

對：天下未有無類之物，亦未有無類之事，則不患無類，而患不能別其類耳。蓋自混沌之始鑿，卽有對待、同異之別，則類類相從，固其理之所必然，而類類相混，亦其勢之所不免也。

是故類之中，有不類者焉；不類之中，有類者焉。
似類而有絕不類者焉；非類而有暗相類者焉。棼錯糾
結如風中之絲而莫可理解；怳惚閃鑠如水中之月而莫
可摸捉。

苟非剖析乎至精至微之際，照徹乎極繁極雜之間，
若易牙之辨味於淄、澠，子野之審聲於晉、楚，則烏能
別之於百千萬物、百千萬事之類乎？

嗚呼！玉之於珉類也，故衆人不知，而惟和氏知
之；驥之於駑類也，故市人莫顧，而惟伯樂識之。玉與
驥之遇和氏、伯樂誠幸也，而其如和氏、伯樂之不常
有，何哉？

是以珉之亂玉久矣，而燕石之寶，魚目之笑，皆得
以類而至；駑之混驥固也，而病贏之駒，連蹇之驢，亦
得以類而進。不翅若朱紫之易亂，苗莠之難分，則此所
謂類之中有不類者而似類絕不類者也。

至若天地之不類於尊卑，而其功則類；日月之不
類於晝夜，而其明則類。春夏秋冬之氣候不類，而其所
以生養收藏之理則類也；水火金木之性味不類，而其
所以交濟互資之用則類也。此所謂不類之中有類者而
非類暗相類者也。

苟或以其類而謂之類，以不類而謂不類，則將見似
類者亂類，不類者絕類，而是非顛倒，取舍舛錯，卒至
於世間許多物事，無一箇得其本色，而其流之弊，乃有

不可勝言者矣。　此君子所以必貴乎別其類而或恐乎辨之不早辨也。

雖然，類類之義，亦云大矣。囿鹿得所而麒麟來遊，邑巢破卵而鳳凰遠逝，當群龍滿朝之日，蔚有勵翼之朋，暨冥鴻色斯之時，爭同携手之車，則此所謂各從其類者。

而一有非其類者，薰蕕於同器，氷炭於一處，則雖欲混而類之，終有所不可得而强之者矣。斯豈非類自爲類，而對待同異之理，無乎不在者耶？

抑愚於此別有感焉，天下固無無類底物事，而若夫聖人之敎，則無類焉。

蓋吾夫子之聖，歷萬古無得以類之者，而常俯而就之，朋來遠方則悅之，鳥獸同群則非之，九夷之類而欲居焉，陽貨之類而往拜焉，公山弗擾、佛肸之類而欲往焉。則舉天下之類，罔不在於大度量包容之內，殆同春風一至，而天地間品類，無一外於太和元氣之中矣。

向使夫子得位而行有敎無類之化，則其陶甄之所及者，不特止於七十子之類。而將使士農工商之類各安其業，鰥寡孤獨之類各被其惠，似類者不得以亂其類，不類者咸有以同其類，而無一類之不得其所矣。至此而類不類，尚何論哉？

然而夫子之敎，雖不得使無類於當時，而若無夫子之敎，則人之類滅久矣。其能至于今，得免於夷狄、禽獸之類乎？然則自類而言之，則皆類也；自無類而觀之，則皆無類也。茲豈非有類者可至於無類而無類者乃所以有類耶？

愚也抱是說稔矣。今於執事之問而類及之，執事其毋曰"乃言不類也"。

六府

問：六府者，財用之所自出而聖王所以養民者也。

對：天地者，一大府也；萬物者，乃其府中之無盡藏也；兆民者，又取諸其府中而以爲生者也。然而不有以財成之、輔相之以左右之，則無以致天地交泰之休，而遂萬物之性，阜吾民之財矣。

於是乎有聖人者出，而莅君師之位，任養民之責，則斯又豈非主此府而理此財者耶？古之善理財者，莫如舜、禹。而其所以生此財者，無他道也，因天地自然之府，致府中無盡之藏而已，而所以爲目者六。

蓋此五行之理，實基五穀之生而資民之食。故當其地平天成神龜呈瑞之日，特以穀幷列於水火金木土之間，然後天地之府始修而兆民之生永賴，斯則禹所以爲六府之主人。

而自是厥後，惟周公爲能祖述是意，始立六府。其名則天官、地官、春官、夏官、秋官、冬官，其職則治典、教典、禮典、政典、刑典、事典，其屬則三百六十而其義則要不外乎大禹之六府。

今攷其遺篇，若遂人之溝洫、澮川，稻人之瀦防、蕩瀉，是水之府也；司爟之出火、內火，司烜之夫遂、火禁，是火之府也。築氏、冶氏之六齊，桃氏、鳬氏之三制，非金之府乎？山虞、柞氏之禁山，輪人、梓人之斬材，非木之府乎？以言乎土之府，則大司徒、小司徒之十二土、十二壤是也；以言乎穀之府，則草人、司稼之彊櫌、輕煖是也。至若大府、玉府、內府、外府等職，則抑末也。

雖其世代之差降，不無詳略之相殊，而所以爲六府者，則未嘗不如合符節，蓋其天地自然之府，不以古今而有異。故聖人所以主是府而養是民者，亦不以前後而有異，而其規模節目之詳密，有足以爲典謨羽翼者，則若周公者，不害爲大禹之嫡傳，而一部《周禮》，雖謂之六府書可也。

嗚呼！人之形貌雖異，而所不異者六腑也。國之官職雖變，而所不變者六部也。天有六氣而不可無其一焉，樂有六律而不容增其一焉。則斯六府者，非大禹其孰能修之，非大舜其孰能名之，非周公其孰能祖述之耶？

抑又論之，是六府者，雖出於天，而人事之所當爲者，實在乎三事。是則三事爲運用六府之柄櫡，而其所以運用者，不徒曰利用、厚生，而必先之以正德，則其意豈不以六府之所以修者，不獨在於利民厚民，而必在於惇典、敷教之地耶？

蓋於當時水土既平，暨稷奏庶，而養民之政，惟在於穀。故直推到最初源頭五行生克之理，以爲天一生水，而水以制火，火以煉金，金以治木，木以墾土，土以生穀。故合并說出，以爲六府之序。

而又以爲如斯而已，則雖有粟，吾得而食諸？是故又以三事爲富而教之道，而猶以爲或疑於六與三之爲二也。於是合而名之曰九功，而猶以爲未也，又卽其樂生歌詠之言，播聲音而勸相之，使之歡欣鼓舞，沐浴膏澤而不能自已。則六府之體用功效若是其廣大深切。而周公之必以九德之歌、九韶之舞，載之於大司樂之職者，又豈偶然而已哉？

雖然，六府猶爲外府也，所以修六府而主六府者，其不在乎大禹之一心府乎？庶土交正而底愼財賦者，以是府也；四海會同而祇台德先者，由斯府也。孔修之府六，而所以本之者一；允治之府六，而所以根焉者一。

夫以一心府，而修之爲六府，和之爲三事，敍之爲九功，歌之爲九敍，以成當時之至治，以基萬世之生業。則天地之大府，府中之無盡藏，雖總以藏之於一心府，亦可也。又何必徒以六府沾沾耶？

愚也每歎周公後更無繼周公修大禹之六府者，而欲一與當世之君子論之矣。今何幸奉問？

明堂

問：明堂者，天子行王政，朝諸侯之所也。

對：人皆知明堂之爲明堂，而不知明堂之所以爲明堂，則是所謂"見其末而遺其本，知其一而未知二"者也。

蓋自黃帝命俞、歧察明堂之後，即有是"明堂"二字，而及至姬周之世，遂以明堂爲天子朝諸侯、布政令之所，載於六經，雜出於傳記。若《明堂位》所謂"四塞世告至，而明諸侯之尊卑"者，即是周公制禮作樂時第一命名之義也。

雖其王道旣熄，古禮遂廢，而至漢時，泰山之遺址猶存，鸞路之舊迹入指，則天下之人，孰不知明堂之爲明堂？而乃若其本，則有所自焉。

觀夫夏后氏之世室，堂脩二七，廣四脩一。中有五室，象五行也；四旁夾窻，象八風也。九階以明等威，白盛以致文章，堂三之二，室三之一。則明堂之制，大略皆備於此。

而至若殷人之重屋，堂脩七尋，堂崇三尺，而爲四阿重屋。則比諸世室，又漸備矣。

至于周之明堂，則不過因夏、殷之制而爲度几、度筵之法，其規模之井井，體勢之堂堂，至矣盡矣，無復餘蘊。則此所以明堂之名，獨傳於後世，而世室、重屋之義，絕不復講也。

然而周則堂高九尺，殷則三尺，夏則一尺，常比前而三倍之。此雖由於時勢之自然，而亦足以想見大禹卑宮室之儉於千載之下矣，斯豈非明堂之祖宗而人君之模範耶？

雖然，明堂之本，固在於世室。而世室之所以爲世室者，苟究其本，則亦惟在乎茅茨、土階之間耳。夫以帝堯之黃收儼臨，與羲和、四岳輩相與都兪於三等之上一堂之內，而克明之德，光被四表，則此眞天地間無上明堂。而彼夏之世室，殷之重屋，皆其祖述者耳，又何論於周之明堂耶？

抑又論之，明堂之所以取法於禹者，世室之外，又有在焉。《詩》不云乎？"奕奕梁山，維禹甸之。"三代之所以爲井田者，皆是禹甸之餘法，而明堂乃井田之制，則其規模氣象，豈非從盡力溝洫中流出來者耶？

蓋井田之法，畫作井字，分以九區，中爲公田，外有八家。而明堂之九室，鑿鑿相符，毫髮不爽，宛然一井田樣子，則向所謂世室之許多制度，未必非井田之張本，而明堂又井田之一箇影子耳。

今若以外面名目之似不相關，而不究其源流之相承，脉絡之相通，徒以九尺之筵、三階之等、五門之分、公·侯·伯·子·男之別、九夷·八蠻·六戎·五狄之位，謂之明堂之儀云爾，則是猶見水中之明而不知月之在天也，烏可乎哉？

雖然，明堂者，明政敎之堂也。雖有明堂而苟無明政教之聖王，　則彼"履艮司繩宅中隅總四方"之良規美制，直不過文具外飾耳。無論堯、禹、周公，卽守成之主，亦不可多得，則無怪乎三代之後更無三代之治。

　　而所可恨者，睠彼周道，鞠爲茂草，明堂二字，遂作先天事而徒留得故紙上空談。則昔人詩所謂"裁化遍寒燠，布政周炎凉"之好箇光景，其將不可復見於斯世，而如愚之嘐嘐於世室、井田之間，謾欲以區區言語，明明堂之源流者，其亦可謂迂濶之甚矣。嗟乎！孰知夫明堂之所以爲明堂者，　乃在於大禹之經理；　而又孰知明堂之治，不在乎明堂之制度耶？

　　愚也志是說，欲一與當世好古之君子商確之雅矣。今何幸明問之先及也？

時勢

問：孟子曰："雖有鎡基，不如待時；雖有知慧，不如乘勢。"時勢之所係，顧不大歟？

　　對：天下萬事，無不可爲之時，亦無不可因之勢，特人自違其時，失其勢耳。噫！時勢之說其來久矣。

　　主乎時者以爲："三春崇蘭，香絶雪霜之谷；九秋叢菊，芳斷桃李之蹊。四達之逵，晝沸而夜寂；萬國之人，夏葛而冬裘。天不能舍此時而獨運其機，物不能外斯時而各遂其性，世間之事，時而已矣。”

主乎勢者以爲：“吳檣、楚柁，處於陸，則無所施其巧；楡轂、檀輻，置之河，則無以利其用。神龍失水，則螻蟻制其死命；猛虎負嵎，則賁、育爲之失色。高屋建瓴，何如激在山之形？鴻毛順風，何似鶴退飛之象？天下之事，勢而已矣。”

斯二者之說，固皆有理，而殊不知所謂時者隨時而無一定之時，所謂勢者隨勢而有自然之勢。時有其時而人自適其時焉，勢有其勢而人自因其勢焉。霽潦之時異，而行止則在我；高下之勢殊，而俯仰則由己。鳳儀鴻冥之各當其時而進退去就裕如也；泥橇山樏之各順其勢而東西南北沛然也。

雖復時有萬變，而吾之所以應乎時者亦無窮；勢無一同，而吾之所以處乎勢者亦多方。則用其時者，在乎其人而已，時何與焉；循其勢者，存乎其人而已，勢何關焉？是故聖賢所遇之時不同，而所以爲道者，其揆一也；英雄所因之勢各異，而所以成功者，其致均也。彼不爲其所當爲，乃至於違時、失勢，而反歸咎於時不利、勢固然者，烏足以語此也哉？

嗚呼！待時乘勢之語，自孟子發之。而以孟子之時勢觀之，宜若無可爲者，而遑遑齊、梁之間，以行王道爲己任，可謂不識時勢之甚。而自聖賢言之，則當天下倒懸之時，因大國反手之勢，而其蠶拳大踢，又有濟時之具，則此眞可爲之時勢也。其卒不遇而去天也，豈肯逆億其不可爲而不爲其所可爲耶？

然而孟子之所學者，孔子也。蓋吾夫子以時中之聖，處春秋之世，考其時則陽九百六也，以其勢則大廈將頹也。道之不行，已知之矣，而猶且畏於匡，伐樹於宋，接淅於齊，絕糧於陳、蔡之間者，誠以爲無不可爲之時，無不可因之勢，亦無不可化之人。

故於陽貨、南子、佛肸、公山氏之屬，皆不絕之，而至有浮海、居夷之訓，則可見其至公血誠，不以時勢之有所不可，或忽於救時之義，此又舍却"時、勢"二字，而於其所可爲者，無所不用其極者也。董子所謂"正其誼，不謀其利；明其道，不計其功"者，豈非善形容仁人之氣象乎？

孔、孟以後，此義寥寥，世之自謂識時勢者，舉皆不越乎功利場中，其不成者非不幸而其成者亦僥倖而已。則其所謂時、勢者，時其所時而非吾所謂時也，勢其所勢而非吾所謂勢也。

直至千有餘年之後，紫陽夫子出而有以接乎不傳之緒，雖其所遇之時勢，已至於莫可有爲之境，而眷眷焉、汲汲焉，拈出"正心誠意"四箇字，不恤宋帝之厭聞，不顧僞學之大禁，以致不能一日安其身於朝廷之上。則惜乎紹興壬午封事所陳"因時乘勢"之策，終未免空言無補。而畢竟所自樂者，只在乎《武夷九曲》暗平林之時、開風煙之勢，則亦惟曰爲其所當爲者而已。

今讀其書，有曰："若果如此，卽孟子果然迂濶，而公孫衍、張儀，眞可謂大丈夫矣。程正叔寧可終身只作國子祭酒，而却讓他陳正己作宰相也。”愚於此每不勝感慨而繼之曰：“若果如此，卽朱夫子果然不識時勢，而林槔、韓侂冑輩，眞可謂待時乘勢者也。”

雖然，時勢之爲義亦大矣。君子之於臨事好謀之方，又未嘗不以隨時審勢爲貴，則時勢二字，曷可少之哉？苟或自以爲“爲所當爲”，而置時勢於度外，則亦終必至於違時失勢僨事陷身而不免得罪於聖賢之道矣。此愚所以論時勢而必曰在乎其人者也。

愚也志是說，欲與當世識時務之君子一論之雅矣。今承執事之問，斯又豈非時與勢會者耶？

定力

問：人有定力，然後造次顚沛，可以不失於正，而何如斯可謂之“定力”歟？

對：人之有定力者鮮矣，而所謂定力之中，又有眞、假之別。眞者，不期有而自有，故雷霆霹靂，擊撞於前後，而視之如和風、暖日；刀鋸鼎鑊，羅列於左右，而處之若衽席、杯盤。

築巖濟川，殊其遇而一其履；釣魚揚鷹，變其地而同其行。是其志帥旣定，氣卒聽令，屹然有周亞夫帳下擾亂而堅臥不起底氣象。故震來虩虩，笑言啞啞，彼區區者外物，殆若飄風之在耳，浮雲之過眼，曾不足以動其一念，則此眞可謂定力也。

若其自謂定力而強其所無，欲以粧外面而誇天下，掠取定力之名者，雖欲力制其心不彰其迹，而苟非自然而然，終有所不可得而掩者。故能碎千金之璧而不能不失聲於破釜，能搏裂崖之虎而不能不變色於蜂蠆，能讓千乘之國而不能不露眞情於簞食豆羹之間。有若葉公之好龍，而見畫龍則喜，見眞龍則懼，畢竟虎頭蛇尾，手脚盡露，爲人笑咍而止。則此無他，眞與假之分也。

嗚呼！定力二字，烏可以易言乎哉？苟非學足以明理養氣，量足以包河涵海，表裏如一，始終無間，則其不可以與議於斯也亦明矣。是故古今之以定力稱者，不爲不多，而若其眞箇定力，則罕有可以當之者，可以當之者，其惟大舜乎。

當其在床琴之時，浚井、塗廩，不得以干其和；暨乎納大麓之日，烈風、雷雨，無足以迷其行。處深山，而飯糗茹草，木石居鹿豕遊，則若將終身；爲天子，而《南風》五絃，被袗衣，二女果，則若固有之。

蓋其大聖人志氣度量，有絶人者，故爲能隨遇而安，各盡其分，不待勉強而從容中道，舉天下之物，莫能撓移，則斯可謂眞箇無量定力。而堯之所以既已歷試於徽五典、納百揆、賓四門之際，而又必使之入山林、相原隰者，庸詎非深得觀人之法耶？

自茲以降，聖聖相承者，固皆無定力之不足者，而其易見而可言者，又莫如孟子。夫以至大至剛、盛大流行之氣，塞乎天地之間，而其龐拳大踢、泰山巖巖之象，說大人則藐其巍巍，闢楊墨則辭之廓如。自任以"富貴不能淫，貧賤不能移，威武不能屈"之大丈夫，則斯又大舜後有定力者。而韓昌黎所謂不在禹下者，誠非虛語也。彼以斗筲之量，無直養之學而妄欲自托於定力者，豈不猶怯夫之恥受怯名，而奮臂以當南山之白額者耶？

雖然，勉強之定力，固不及於自然之定力，而猶勝乎全無意於定力者，以其猶有定力之可言也。今夫醉於酒者，恐人之以為醉而益收斂，只益收斂，便是為酒所動，然不猶愈於恣酗者乎？貴介公子，怕人之以為驕而益恭謹，只益恭謹，便是為富貴所動，然不猶愈於傲慢者乎？然則真箇定力，固不可多得，而強勉於定力者，其亦不猶愈於自暴、自棄者乎？

昔程叔子有言曰："量可學，學進則識進，識進則量進。"以此言之，量猶可學而進，定力獨不可學而進乎？苟能自勉於定力而不使心力逐外物走作，則輕躁者可化而為重厚，貪慾者可變而為廉貞，足以資矯揉氣質之方而漸就乎"不變塞，強哉矯"之域矣。斯非所謂"作之不已，乃成君子"，而"學問之力，不可誣"者耶？

愚也志是說，欲與當世有定力者商確之雅矣。今執事之問及此，其敢自以為無定力而默然而已乎。

宮僚

問：輔導儲嗣之責，專在於宮僚，宮僚之爲任，顧不重歟？

對：宮僚非別般人才，只是當世所用之士，則宮僚之得人與否，惟在乎平日在廷之士之如何耳。

噫！自夫家天下以後，莫不有儲嗣，旣有儲嗣，必皆有輔導之術，而宮僚之名，不少槪見於三代之世者何哉？豈不以明主在上，賢才登庸，其所以敷求哲人、俾輔後嗣者，已自有素，固無待於宮僚之名選擇之舉耶？是故其見於經者，厥或曰："有典有則，貽厥子孫。"亦或曰："貽厥孫謨，以燕翼子。"

蓋其培養人材，旁招俊乂，左右前後，罔非正人，則所以輔翼春宮，薰陶其德性，涵養其氣質，以基億萬年無疆之休者，無復餘蘊。故其所以貽厥者，不過曰典、曰則、曰謨、曰燕而已。夫豈若後世之不素養才，不豫求賢，而以"宮僚"二字，把作別般經綸耶？今試以《周書·立政篇》考之，則古昔聖王所以垂裕後昆者，在於得人有素而不在於臨時選擇，可以想見矣。

夫夏之籲俊，商之丕釐，周之敬事，莫不在於克用三宅、三俊。而其所以克用之道，則又在乎克知宅心，灼見俊心。

蓋三宅者，居其位者也；三俊者，有其才而他日次補三宅者也。先王旣克用三宅而又思繼之之道，乃以三俊，儲養待時，以供無窮之用。而其所以儲之、待之者，不徒知之而已，必欲克知；不徒見之而已，必欲灼見。則其養之有素，畜之有道，爲後世謀者，豈有以加於此哉？

後世惟不知此義也，故於其平日，未嘗有三宅之用、三俊之儲，雖或有一二賢才知其可用，亦不過貌親口惠，相期於肝膽之外。則固已與克知心、灼見心者，千里相反，而暨其立儲嗣之後，乃始以選擇宮僚爲急務要道，思欲得第一等賢才，以爲見正事、聞正言、行正道之地。既無素儲，安有新得？是故上下數千百載之間，宮僚之得其人者絕罕，而不得其人者殆踵相接焉。則無惑乎三代以後更無三代之治也。

雖然，朱子《戊申封事》六條，以輔翼太子爲首；《己酉封事》十條，以擇師傅、保皇儲爲急，則選擇宮僚，又是有國家者莫大之急先務也。苟或自以爲儲養賢才以待後日，而不思所以慎簡之道，則將無以輔導儲嗣而其弊乃有不可勝言者矣。宮僚之任，又曷可少之哉？

愚也幸際豫建之慶，不勝抃祝之誠，思欲以是說，謦欬吾君之側者稔矣。執事之問，適及於此，敢不倒廩？

庚戌聖賢生

問：曾雲巢詩曰："庚戌聖賢生。"聖賢之生，必以庚戌者何歟？

對：人皆知庚戌之生聖賢而不知聖賢之降，未必皆在庚戌而別有降聖賢之庚戌，則無惑乎執事之值庚戌而徒以庚戌爲問，不論聖賢之如何也。

噫！庚之爲庚，處乎十干之中，在五行屬金，在四方屬西南，而非若甲乙之爲始、戊己之居中，則若無足以表出之者矣。戌之爲戌，列乎十二支之間，在五行屬土，在四方屬西北，而殊異三正之首建、巳午之嘉會，則非有可以特稱之者矣。

愚未知是庚也、是戌也，果能帶得何等好運氣，應着何等奇曆數，而前後聖賢之生，若合符節耶？嘗竊以千古聖賢之稱，而論千古聖賢之迹。

蓋自天開甲子之後，有所謂聖焉者，有所謂賢焉者，前乎孔子而伏羲、神農、黃帝、堯、舜、禹、湯、文、武、周公，後乎孔子而顏、曾、思、孟，是傳聖道接聖統者，而自生民以來，未有盛於孔子。前乎朱子而周、程、張、邵，後乎朱子而黃、蔡、眞、魏，皆繼往聖開來學者，而自夫子以後，未有盛於朱子。則如欲摠言千古之聖賢，惟孔、朱是已。夫聖莫聖於孔子，賢莫賢於朱子，而其生也皆以庚戌，則是必有所以然之故矣。

嗚呼！孔子之所以爲孔子者何也？當衰周夕陽之時、列國分爭之際，堯、舜、文、武之道，幾乎熄矣。當此之時，不有吾夫子出而膺素王之責，則天地氣數，將不待癸亥之會而爲長夜矣。是故天縱將聖，爲萬世師，雖曰祖述憲章，而其功反有賢於堯、舜者。此非所謂集大成而無與比擬者乎？

朱子之所以爲朱子者何也？際屬猪南遷之運、完顏陸梁之時，天下之壞亂極矣。苟非紫陽夫子天高海濶之學，則孔子之道，孰得而明之？是故天開太極，表準後人，雖云淵源仲素，師友延平，而語其功，則蓋孔、孟後一人而已。此非所謂名爲大賢而實不讓於聖人者乎？然則雖有千百聖賢，而吾儒之所誦法，後世之所宗仰，一言以蔽之，曰孔、朱也。天之將降此二聖賢也，其意豈偶然而已哉？

夫否極而回泰，陰盛而反陽，天地之常理，古今之通義也。周靈王[3]二十一年、宋高宗建炎四年，亦可謂否極陰盛之時也。天道始於《艮》、終於《坎》，故《說卦傳》曰："帝出乎《震》，齊乎《巽》，相見乎《離》，致役乎《坤》，說言乎《兌》，戰乎《乾》，勞乎《坎》，成言乎《艮》。"《艮》者，萬物之所成終而所成始也。而及其《坤》轉而爲《兌》也，有庚焉；《兌》轉而爲《乾》也，有

---

3 靈王 : 저본에는 '鬚王'으로 되어 있으나, 연표를 고증하여 바로잡았다.

戌焉。庚戌也者，《乾》、《坤》之間而變致役而將戰之機也。

過乎此，則爲萬物所歸之《坎》，而無復"出、齊、相見"之象矣。以時世而言之，則殆亦髣髴乎東周、南宋之際，而聖王之治，吾儒之學，於是乎丁極否之運將熄之機矣。

是故於周之庚戌生孔子而又必以庚日而生，於宋之庚戌生朱子而又必以戌月而生。以之揭日星於昏衢，回陽春於冽冬，天地之運既否而復泰，聖人之學將絶而更續。則天之獨以二庚戌，降此二聖賢，良以是也。

不然則終古之聖賢，不爲不多，而孔、朱之生，奚獨俱在於庚戌乎？終古之庚戌，亦不知歷幾箇絳縣甲子，而奚獨於闕里、南劍，鍾元氣而開泰運乎？由此觀之，庚戌未必皆生聖賢，聖賢未必皆降庚戌，而惟此兩庚戌，眞爲生聖賢之期者，豈不信而有徵哉？

於乎！今年卽孔、朱庚戌後，又一庚戌也。一隅靑丘，獨保於中州極否之運，而千年紫泉，再淸於魯、閩篤生之後，有出震明離之象，幹役坤戰乾之機，則天之降聖人而必於是年，又可驗矣。然則雖謂之"古今三庚戌"可也。

愚也幸生聖世，獲覿今年，玩大《易》先庚、後庚之辭，驗古人"大橫庚庚"之兆，欲一與識理之君子揚榷之矣。何幸拜命之辱？

帝王生必有祥瑞

問：帝王之生，必有祥瑞，此自然之理也。

對：祥瑞非所以言帝王，而言帝王者，必有驗於祥瑞，正如善言天者必有驗於人，善言土者必有驗於穀。當聖王之時而有某祥某瑞，尙可以驗而言之，而況聖王之生之時乎？

噫！祥瑞之於聖王，猶影之於形、聲之於心也。有形則有影，有心則有聲，見其影而知其形，聞其聲而識其心。此理勢之必然而不可掩者也。

是故上古之言祥瑞也，以爲當然而頌美其受命之符、垂後之休，有若皇天之諄諄然命之，明明然示之。而後世之言祥瑞也，以爲靈異而稱道其稀罕之事、神奇之迹，有若自天地以來始有而初見者然。殊不知天之降聖人而赫厥靈也，自是平常必然之應驗而非有怪異、奇特底事物也。

嗚呼！麒麟之生異於犬羊，蛟龍之生異於魚鼈，物固有然者矣。矧乎聖王之受天命而應時運，將有以立人極而主世道？則其聲影之驗，自世人觀之，是乃奇祥異瑞不恒有之事；而自天理言之，直不過自然之應耳。今若以祥瑞爲別般物事而强欲傅會之，則是何異於不識人之本於天、穀之根於土而紛紛然各自爲說者哉？

雖然，旣曰祥瑞云爾，則亦非如朝日夜月、春花冬雪之類也。彼紫泉之千年一清，景星之爭先快覩，要亦不世出之事而有所爲而作者也。聖人之生於世也，既不偶然，則其祥瑞之應，亦必神妙不測，使世俗之人卒然見聞叫奇稱異，自有以服天下之心而垂後世之名。則祥瑞之不常有也，亦如聖人之不常出也，又豈可以必然之驗，而遂以爲尋常之事也哉。

抑又論之，祥瑞也者，惟聖人之生，可以當之，可以言之，而其餘則皆後世之說也。是故攷諸經傳，古聖王之誕降也，必有祥瑞鑿鑿可徵。而朱夫子亦引蘇氏之說，以爲“凡物之異於常物者，其取天地之氣常多。故其生也亦異，神人之生而有異於人，無足怪矣”，而祥瑞之說不當疑也。

此可爲言帝王祥瑞之斷案，而至若後世之言“某時之有祥麟幾箇而鳳幾處，某世之有瑞芝幾莖而雲幾葉，甘露醴泉之隨處竝見，玄秬黃麰之比地皆然”，雖未必盡如黃霸之鶡雀、楚人之山雞，而要之與章帝之三十九鳳、和帝之八十一瑞，不甚相遠也，烏可竝論於聖王誕降之祥瑞也哉？

於乎！帝王之號則一也，而有大聖人焉；祥瑞之名則一也，而有眞祥瑞焉。以大聖人而應眞祥瑞，苟非上帝之陰眷而默佑，則不能然也，此所以前聖後聖，其揆一也，而自古及今，皆可按也。斯又豈非生必有瑞、瑞必不偶之明效大驗耶？

愚也幸際聖人之至治，適値聖人之生年，又覩聖人

之誕降，欣瞻聖人之祥瑞，欲以大聖人眞祥瑞之說，形
諸歌頌，獻之九重而未有路耳。今執事臨圍發策，特以
帝王之祥瑞，揭爲群言之首，愚敢不傾倒以對？

世家

問：世家者乃累世勳舊之家，與國同休戚者，則人君之所當
倚毗者，莫過於此矣。

對：世家之所以爲世家者何耶？以其世執國命，久享
富貴而言之耶，則愚未見其有益於國也，烏在乎有世家
也；以其世濟忠貞，係國存亡而言之耶，則愚未見其久
而不替也，烏在乎爲世家也？自夫世家之稱出，而君有
所恃而不自彊焉，臣有所挾而不自愼焉，上而凶于而
國，中而害于而家，下而殃天下民。則世家之所以爲世
家而人君之必待而爲國者，抑獨何哉？

於乎！世家之於國，亦大矣。粵自乃祖、乃父，世
選爾勞，門著勳庸，地華纓黻，大廈之柱石也，故國之
喬木也。佩安危於一身而疏遠者未或與焉，佽祿位於
百世而卑微者莫敢抗焉。則其有關於國家爲如何哉？

而惟其人不能世世皆賢，而爵祿則或加隆焉；才
未必世世獨盛，而權勢則有益熾焉。不問其德之如何，
而惟世家，則襲之以卿相之位；不擇其才之有無，而在

世家，則任之以彌綸之責。承藉門資，里標鳴珂之號；根據朝著，人慕炙手之熱。

甚至於懷繦褓而金紫入弄，擁蔥篠而騶哄相望，生髮未燥，已聞富貴是渠家物。而朱其輪、赤其族者，滔滔皆是，則彼懷道抱德、窮經識務之士，無寧槁死巖穴之間，而不肯刖足於獻玉者，世家爲之祟也。然則世家者，其亦國家之不幸也。

雖然，此豈世家之罪哉？亦在人君用之之如何耳。夫用人之道無他，惟其賢惟其才而已。今欲使卑踰尊，疏踰戚，尚不可不慎，況可以不察其人而惟世家之是用哉？苟惟世家之是用，則夫席寵惟舊，怙侈滅義，乃其不期至而必至之勢也。至此而欲惡而已之也，亦難矣，與其惡之於已然之後，曷若使初無可惡於未然之前哉？

雖然，疏遠之可用者，非不欲用之而未必皆知其可用之實；世家之不可用者，非欲故用之而未必皆審其不可用之驗。則此所以世家之常爲世家而疏遠者之卒不可得也，人君之所待以爲國者，又安得不以世家哉？

惟是人君明足以照其虛實，斷足以決其取舍，正己以正人，由近而及遠，則不待求之於草野畸寒之蹤，而彼爲世家者，皆將世濟其美而爲國之用矣，又烏可少之哉？

愚也志是說，欲獻之九重而兼爲世家規者雅矣。明問適及，愚也何幸？

當局者迷

問：人有恒言曰："當局者迷。"當局而迷，則必須不當局者而後，可以濟事歟？

對：人皆以爲"當局者迷"，愚獨曰："當局而後不迷，不當局而謂當局迷者是乃迷也。"何則？

世事如棊局，局而新，則後局非前局也，此局非彼局也。事事而有一局，事變而局亦變；處處而成一局，處殊而局亦殊。局雖千萬樣子，而當之者自有人焉。此所謂一代之人足了一代之事而才不借於異代者也。

湯、武一局之棊，可謂唐、虞後第一高着，而漢高之能識先後，亦不失爲風塵際國手，則此固不可謂當局之迷。而推枰張華，決機於手談之間；賭墅謝安，運智於方罫之中，此非當局而能之乎？

惟彼華山騎驢之客，未免局外之迷見，旁立一睨之間，不覺天下之已屬於他人，謾作石室樵夫爛柯而不悟，則當局與不當局之異也。

蓋惟當局而後，其察勢也精，其處變也敏，隨遇而應手，先幾而審着。自傍人驟觀之，則或不能無疑於不見廬山眞面目，而畢竟辦得事來者，在此而不在彼也。

譬如看風水者，移步換形，局面頓異，而惟當之者爲能審其分寸，定其向背，若問諸百步之外則舛矣。操舟船者，遇風而帆，遇灘而纜，亦惟當之者爲能運其柁楫，宜其左右，若詢之上之人則迂矣。

今以不當局之人，而輒論當局之迷，則是猶琢玉而教工，書字而掣肘也。烏乎其可也？

抑又論之，自其不迷而言之，則當局而了其局者，固不迷也；而不當局而能知局勢者，亦未可謂迷也。自其迷而言之，則當局而敗其局者，固其迷也；而不當局而強欲論局者，又未免乎迷也。然則迷不迷之分，只在乎善、不善而已，又何論於當局、不當局哉？

且以釋家之說明之，浮山法遠師以清簟疏簾之傍觀，不問贏局輸籌，但曰"且道！黑白未分時，一着落在什麼處"，又云"從前十九路，迷誤幾多人"。雖以歐陽公之高手，不覺嘉歎久之，則此又局外之不迷者也。

由此觀之，纔說局時，已自跳不得一箇迷字圈中，輸亦迷也，贏亦迷也，謂之迷亦迷也，謂之不迷亦迷也。必也超乎局而不局於局，然後方可謂不迷也。政如堂上之人，能辨堂下之訟，若雜於眾人之中，則不能辨矣。然則不迷之道，惟在當局者如何，而當局者又不可自謂不迷而不顧旁觀也，此又不可以一概論也。今以吾儒之徒，不能無黑白偏係之私而落在迷誤坑裏，則得不被他局局然笑乎？

愚也非當局者也，每當千山月涼、百種花迷之時，杳不知我一局、君幾局矣。今來奉策明問及此，愚雖甚迷，豈可以局外而無辭以退乎？

疏箚

問：疏箚所以陳國家之得失、政令之治否也。直言、正論，非疏箚則無以盡敷奏之道歟。

對：疏箚非上古至治之世所聞也，蓋後世文勝之弊也。粵自代繩以後，天下之事爲至繁而不可無所以紀之，故文章於是乎日以益盛；海內之生民至衆而不可無所以治之，故政法於是乎日以益備。而摠其歸，則君師之責也。然而顧不能以一人而獨治，則必有良臣、碩輔以左右之。夫既不能獨治而求賢以自輔，則烏可無敷奏陳達之舉哉？

然而上世則無事於疏箚而至治難名，後世則徒事於疏箚而卒不聞善治者何哉？實與文之相反也。當堯之時，治洪水，讓天下，何等大事？而四岳輩草草數語之外，未聞有所謂疏箚者。舜之求昌言，望弼違也，禹、皋、益諸人，相與陳於帝前，可以都俞則都俞之，可以吁咈則吁咈之而已，亦何嘗有所謂疏箚者耶？

降而至於商、周之時，始有作書告君之舉，有若伊、𦙍之誥、周、召之書，皆處至危極艱之時，不得已寫出一片惻怛底至誠，而字字皆實理，句句皆實事，又豈有一毫近似於後世疏箚者類哉？

嗟乎！夫孰知秦、漢以後，疏箚之名出，而上古至治之世，遂不可復見耶？不務其實而惟疏箚之是事，一言而盡者，必欲之以萬言；一紙而足者，必欲聯之以千紙。鉥心劌目，朝陳暮投，文愈多而實愈晦，事益繁而理益減。甚至於三千奏牘，三月方盡，章交公車，人滿北軍，則文勝之弊，一至此哉。

厥或有忠臣義士愛君父而憂國家，大賢君子畏天命而悲人窮，不必其在人者，而惟盡其在我者，詞足以感帝，誠足以格君，有可以隻手，扶綱常，整乾坤者，則其亦不可與後世之疏箚混稱之也。如使爲疏箚者，皆取法於是，則豈不誠美事？而不惟不法而又背之，構一疏者，皆出於私意；成一箚者，不過乎文具。巧撰詔諛之辭而欲作持祿保位之資；盛飾夸張之談而要爲耀世垂後之具。攻上彈僚，以沽其直者有之；怵勢阿好，以媚於世者有之。甚則陽附公論，而陰濟乎傾軋；顯若獨見，而暗受乎指揮。潰亂之端，危亡之幾，職此之由，則疏箚其亦國家之不幸也。

雖然，均是疏箚也，隨其人之如何而效害之相去若是其遠，則是豈疏箚之罪哉？今欲因其弊而遽欲廢去之，則彼刳肝瀝血排雲叫閽之言，無由而一至於人主之前，而其弊反有甚於有疏箚之時矣。然則如之何其可也？亦惟辨其實而已。

愚也志是說而欲質之當世之君子者稔矣。執事之問，適有以及之，無亦知此弊而發之耶？意甚盛，意甚盛。

恥

問：孟子曰："恥之於人大矣。"恥居四端之一、四維之末，而獨揭以爲大者何歟？

對：恥者，性之所發，人所不能無者也。而善用之，則爲君子；不善用之，則爲小人。恥則一也，而差之毫釐，繆以千里，惟在乎所以用之之如何耳。

夫人有是身，卽有是心；有是心，卽有是恥。聞善而有所歉則恥，聞過而有所負則恥，行有不得於心，則無所遇而不恥。是故恥之爲字也，從耳從心。蓋耳有所聞，則心有所恥也。

有人於此，其心曰"吾之所恥者，善未能遷也，過未能遠也，學未能進於聖人也"，一物不格，若撻于市，一事未盡，若虧其體，夙夜發憤，思所以遠恥，則是亦君子而已矣。有人於此，其心曰"吾之所恥者，閒居而不善，或不能揜耶？見君子而善，或不能著耶？人之有技，我無以媢之；人之彥聖，我無以違之，機變之不巧可恥也，富貴之不致可恥也"，夙夜勞心，思所以掩恥，則是亦小人而已矣。

譬如射者，失諸正鵠，豈不恥其不中？而或反諸己，或怨勝己，所以用其恥者異也。彼小人亦同稟此性者耳，非不知不善之可恥，而只此恥不善之心，翻得出無限不好底意思，弄得來無限不好底光景，其弊乃有不可勝言者。則其所以恥之者，反不如一箇漠然無恥庸愚者之猶爲無弊也。

嗟乎！夫孰知君子改過從善之機，反爲小人欺心害人之端；而有所不爲之心，反爲無所不爲之資耶？雖然，君子之恥，恥其無恥，而能因羞惡之發，日新其德，卒至於仰不愧、俯不怍之域，此則以恥去恥者也。小人之恥，恥其有恥，而欲以變詐機巧，掩藏售衒，方且自以爲得計，而畢竟所得，未有不肺肝如見恥辱難洗，此則以恥生恥者也。其得失榮辱，果何如也。

抑又論之，奚獨在下者爲然？惟人君爲尤甚。禹之下車而泣辜也，以不及堯、舜爲恥；湯之委任於阿衡也，以一夫不獲爲恥。惟其能有是恥也，故天下後世，莫有恥之者焉。此乃古昔聖王所以致治之極功。

而三代以後所以爲恥者異於是。文帝之於賈生，自謂過之，而恥其不及；武皇之於汲黯，久不聞之，而恥其妄發。則長沙、淮陽未必不由於此，而足爲誼主之慼德，良可惜也。

而其甚者則"空樑燕泥"，"庭草無人"之句，枉送了薛道衡、王冑[4]性命，而僧虔、鮑照[5]之掘筆鄙文，其情可憐，則是何一恥字，前後彼此之相反也？夫以吾所固

---

4 王冑：저본에는 '王胄'로 되어 있으나，《유설(類說)》과 《수당가화(隋唐嘉話)》 등의 문헌을 근거로 바로잡았다.

5 鮑照：저본에는 '鮑昭'로 되어 있으나, 이는 당나라 사람들이 무후(武后)의 휘(諱)를 피해 바꿔 부른 관행을 따른 것이므로 바로잡았다.

有之心，而用之善則如此，用之不善則又如彼，非天之
降才爾殊也，所以陷溺其心者然也。如使人無羞恥之
心則已，有則豈不可以凜凜然思所以用之之道乎？

愚也志是說，欲一獻之當世之致澤君子者雅矣，而
每以出位爲恥矣。今何幸拜命之辱？

讀論語讀史

問：讀《論語》，每以諸弟子所問作己問而以夫子之言作今
日耳聞。其讀史，亦於君臣之際、事機之會，以身處之，如
何而可，如何而不可，然後方有所益。先儒蓋有此論矣。

對：天下可讀之書，不翅充棟汗牛，而求其最要切者，
則莫如《論語》與史書。蓋吾儒之所誦法者孔子，而孔
子之一言、一動，具載於《論語》一部，則此誠學者之
急務，而不讀乎史，則又無以考古今治亂興亡之迹，此
所以二者之不可偏廢也。

然而讀《論語》者，但知爲孔子之書，把作一場話
說，不能如夫子在座，顏、曾後先，親切敬聽，反復參
證，則是猶撈月於水中而謂"月之在水"也，非吾所謂讀
也。讀前史者，只知爲歷代之說，泛然隨事看過，不能
如目前事務，身親當之，量時度力，錯綜裁決，則是猶
爬痒於隔靴而謂"痒之可快"也，非吾所謂讀也。然則之

二書雖不可不讀，而亦豈非不易讀者耶？

愚也自幼卽嘗受讀《魯論》，想見沂水、農山之間，緇帷曉闢，列侍誾如，回琴點瑟，各自得於時雨之化，而心欣然慕之。又讀歷代史，每當風雲離合之機、盤根錯節之會，得失各殊，智愚相懸，不能無遺恨於千古而神悠然往焉，未嘗不掩卷擊節而歎曰："嗟乎！吾之生晚矣，吾之邦偏矣。今古代絶，江湖路遠，旣不得攝齊攘袂，獲與二三子言志之列，又末由起前人於九原，相可否數千百載之事，徒齗齗然於黃卷中，對聖賢而溯前代，不亦悲乎？"

又徐自解而慰之曰："聖人與門人問答，固非一日之語，則顏、閔之所傳，由、賜未必與聞；游、夏之所問，冉、張未必皆知。隨事就質，而所得之淺深各殊；無時進見，而所聞之詳略不同，豈非可恨？而今此二十篇中，一一詳錄而備書，殆無餘蘊。譬如《蕭韶》九成，而鳴球、琴瑟、蘂管、笙鏞，無不畢具，轉一語而明一理，變一問而新一義，有俱收兼聽之美，無得此遺彼之患，此非後生之大幸乎？

至於史策，則當時之人，不過遇當時眼前事而已。而今自開闢以後，不知歷幾箇絳縣甲子，其間國家之廢興，人物之盛衰，風俗政敎之汚隆，君子小人之消長，次第按驗，羅在面前。譬如明鏡高懸，而妍媸巨細，動靜云爲，擧皆莫逃，執厥由於成敗之際，揣其效於量度之間，斯亦非快活可喜者耶？"

然則向者所以想像而自悲者，已無奈何，而今焉自幸而自喜者，實爲用力之地。用力之道無他，設以身處其地而實驗之而已，苟以身處，則宛然坐我於杏壇、春風之中，而聖人千言萬語，無非親承之妙旨也。

周游乎千百載之間，而許多事業成敗，皆若於吾身親見，又何恨乎偏邦之晚生乎？不然則書自書，我自我，正程子所謂“未讀時是此等人，讀了後又只是此等人，便是不曾讀”也。

天下之可讀者，聖經賢傳、諸子百家，不爲不多，又何必獨拈《論語》、史書，以爲最要切也？愚也平居，每以此自警而語人矣。執事之問，特及於此，敢不以所讀者，副執事所須哉？

簡

問：先儒曰：“治天下之煩者必以簡。”簡之義大矣哉！

對：天下本無事，但庸人擾之爲煩，其初則簡而已矣。簡兮簡兮！天下之源，第澄其源，何憂不簡？

今夫飛者、走者、鱗者、甲者，箇箇充滿於川、雲、野、山之間者，不勝其煩，而求其所以然者則簡也。草也、木也、花也、葉也，紛紛自得於形、影、色、香之際者，不可勝數，而摠其所自由者則簡也。

如使物物而賦齒、角、翼、尾之形，色色而費安排、雕鏤之功，有若刻楮鳶而剪綵英，則天地間許多物事，必至於不成模樣，而爲造物者，亦不勝其勞矣。烏可乎哉？惟其以一簡而爲之也。

故萬物之至煩者，無一箇不得其自然之性。而此其所以桃樹上不發李花，牛不生出馬者也。爲人上者苟能知此義，則其於治天下乎何有？

雖然，徒知簡字之爲天下本，而不知所以行其簡，則高必入於老、莊虛無之學，下必陷於晉、宋清談之套。而其弊必至於剖斗折衡，焚符破璽，遺落世事而後已，是則反不如庸人之擾之爲煩也。

然則簡雖不可不務，而亦不可不審其所之也，"之"一字豈非人鬼關頭最難分別處耶？

且夫玄酒之味至淡，而必貴之者，以其爲百味之本也；大音之聲正希，而必美之者，以其爲衆樂之源也。如以一時之適於口、悅於耳而論之，則百牢九鼎，非不美也，繁絃急管，非不工也，又何必遠溯其本源而貴美之耶？

雖然，欲復玄酒、大音之簡而盡廢天下之所謂酒與樂，則必也苴斯民於居居于于之世而後可，夫豈古聖人制禮作樂之意也哉？是故御天下之極煩者簡也，而所以行之則有道焉；臨天下之至衆者簡也，而所以居之則有在焉。苟知其要，則雖牛毛之繁，烟海之浩，將不期簡而自簡矣；苟爲不知，則雖破觚斲雕，疏節濶目, 將求爲簡而不簡矣。 若是乎旣不可以不簡而又不可以徒簡也。

嗟乎! 天下本無事而庸人擾之, 是可痛也。而欲澄其源者, 率皆未免乎無事中有事, 譬如惡流之濁而遂絶其源, 反不如濁流之猶或不能無清。 則聖人之所貴乎簡而必以敬爲本者, 良以此也。

愚也思以是說, 獻諸行簡之君子者稔矣。 今承明問, 曾不外乎簡之一字, 無乃太簡乎?

夢

問: 夢者, 感於寤寐之間, 怳惚茫昧, 吉凶禍福, 難以憑信, 而其於治道, 似無關焉者也。

對: 以夢言夢, 不若以非夢言夢。則何執事惓惓於"夢"之一字而曾不及於非夢之夢耶?

噫! 夢也者, 人之精神也。是故精神清明靜一, 則其夢亦明白而有驗; 精神昏濁雜亂, 則其夢亦煩亂而莫憑。 然則是夢者, 特精神之影子耳。 與其考驗於影子, 孰若先觀其大本耶?

今夫表不端, 則其影不直; 形不整, 則其影不雅。如欲驗其影之不直而思端其表, 覩其影之不雅而思整其形, 則猶之可也; 忘其表而欲其影之必直, 遺其形而欲其影之必雅，則天下烏有是理？

今欲不先驗於平生之大本而徒區區於片時之影子，則是不特先後本末之倒錯而失序也。只此一夢字，已失正其本之道，則其所謂片時之影子者，亦何由而正，何由而驗也哉？

嗟乎！夫孰知非夢之夢，乃爲眞箇活夢，而以夢爲夢，反爲不知夢者耶？人生固一大夢也。苟有能知其所以然而能行其所當然者，則是所謂先覺乎非夢之夢者也。是其平日一言一動，固已無一不出於正，則其形於夢者，又豈有不正者乎？

惟其朝晝之間，汩汩役役，牿之又牿，一片靈臺之上，寶鑑塵矣；半畝方塘之中，止水波矣。其言也似囈，其思也似寐，凡其日用動靜之間，無非春夢之昏亂，而度百年於醉生夢死之域，則尚又何望其夜氣之清而魂夢之正耶？

彼以夢言夢者，不思其本之先正而曉曉然惟夢是占。今日得一夢曰"是某兆也"，明日獲一夢曰"此某徵也"，甘爲癡人前說夢之歸，而不復知有古聖賢"心正夢亦正"之美。則此眞所謂"方其夢不知其夢，而夢之中，又占其夢"者也。

愚未知其所謂夢者，其眞夢耶？其眞非夢耶？蓋自其能正者而言，則夢自夢，非夢自非夢也；自其不能正者而言，則非夢亦夢，夢亦非夢也。夢自夢，則其夢正矣；非夢亦夢，則其夢不正矣。若是乎夢之正不正，不在乎夢而在乎非夢也。

　　是故蔡季通有"先睡心，後睡眼"之語，而朱夫子以爲"古今未發之妙"。夫論睡而必以先後爲言者，蓋謂心神旣定，自然歸宿而睡亦隨之也，心不定而夢得其正者，未之有也。斯又豈非正心以正夢之千古妙訣耶？

　　愚也志是說，欲與當世之先覺者一論之而未有其路，徒結夢想。今何幸執事之問，有若呼寐者而使之覺也？

癖

問：人心之有所偏嗜而酷好者，謂之癖。癖者，病之謂也。

對：纔說一癖字，已不是"從吾所好"底正道，則癖者，特衆人之偏處耳。何者？癖其所當癖，則其所癖也，愈癖而愈美，不可謂之癖也。癖其所不當癖，則其所癖也，愈癖而愈病，斯可謂之癖也。

　　自古聖賢，非不有所好，而顧何嘗有所謂癖者耶？惟其氣有所偏，心無所定，一爲外物所誘而與之俱化，則却逐一向沈溺而不自覺焉。於是乎人以癖目之而已亦不得而辭其名，則所謂癖之一字，殆君子之所不欲道者也。

　　是故好學雖甚而未聞謂之學癖也，信道雖篤而未聞謂之道癖也。理義之悅於心，猶芻豢之悅於口，則可謂悅之至者而不可以癖言之也。賢人之賢，而易其好色之心，則可謂好之甚者而不可以癖稱之也。斯不亦癖其所當癖而不謂之癖者耶？

彼眾人之癖於物者，其所癖也，眾不必皆嗜而己獨嗜焉，人不必皆悅而我惟悅焉。好之篤而不能自已，惑之甚而不顧指點，殆同博奕者、溺色者之自底於亡身敗家而不知悟，斯不亦癖其所不當癖而乃謂之癖者耶？

嗟夫！《陽春》、《白雪》，眾耳所樂，而漢順聽山鳥之音；春蘭、秋菊，眾鼻所芳，而海人悅至臭之夫。彼兩人者，豈強其性而故為此駭俗之舉耶？直是偏之又偏而不自覺其至於此也。然而以其癖之異於人也，故好事者，傳以為千古反常之事，天下之人，莫不笑之。然則人之有癖於物，固非其至也，而癖之中又不可不慎其所癖也。

雖然，彼兩人者之癖，比諸世所謂百千萬癖，固其尤異而最怪者，而自君子觀之，癖則一也。雖曰彼善於此，烏可以五十步而笑百步也哉？

抑所謂癖者，不一其端，有自託於雅致而癖者焉，有自詫於豪情而癖者焉。世人聞之，皆稱譽而聳慕焉，靡然爭趨於浮虛、詭奇之域，而於其真所當癖者，反以為平常陳腐，無足可好，則其弊乃有不可勝言者。而反不若聽鳥、悅臭之猶為遂其性而無後弊也。

癖於物者，又豈可以所癖之不同，而遽自忘其為物役之戒耶？昔謝上蔡舉史成誦，而伯程子謂"其玩物喪志"。夫舉史成誦，豈不是學者美事？而先生之戒，猶若是其嚴切者，誠恐其志有所偏也，況流於癖而可以爲美乎？

愚也竊歎衆人之癖於一物，每欲尋古聖賢所好、所樂之何事而不可得，則又欲與當世之癖所當癖者商確之雅矣。今執事乃以此爲問，無乃姑試愚生以觀俯仰耶？愚竊幸焉。

好人、好書、好山水

問：趙季仁平生，"願識盡世間好人，讀盡世間好書，看盡世間好山水"。人之所願欲，果無過於三者。而所謂好人者，是何等人？所謂好書者，是何等書？所謂好山水者，是何等山水歟？

對：天下無不好底人，無不好底書，無不好底山水，顧人之所以取之者如何耳。彼"無好人"三字，固非有識者之言，而"無好書、好山水"云者，亦何以異哉？噫！誤天下後世者，未必非此言也。

蓋嘗溯其本而論之，人之稟於天也，此性本善，初何嘗有好不好於其間哉？惟其氣質之所拘，物欲之所蔽，而考其末梢，或有不能齊焉，其宲則皆好人也。

書契以來，卽有是書。蓋自三墳、五典、八索、九丘，以至於濂、洛、關、閩之書，或反復乎義理之域，或紬繹乎治平之謨，何莫非好書。而數千百載之間，惟人之有不齊也。故往往有與好書背馳者焉。

至於山水，則盈天地之間者皆是也。厚重不遷，吾知其山也；周流無滯，吾知其水也。雖或有氣象、境界之不同，而要之皆好山水也。是故聖人有樂山樂水之訓而未嘗加一好字者，取其所樂之象而已。

由此言之，則人自好而不能識者多，書自好而不能讀者多，山水自好而不能看者多。苟有志於識好人，讀好書，看好山水，則凡吾眼中之人、案上之書與夫目所及、足所到之山水，無非所謂好也。何必識別般人，讀別般書，看別般山水，然後方能快平生之願耶？

抑又論之，纔下一好字，此心已自不好，又安能得眞箇好底耶？蓋旣曰"好人"、"好書"、"好山水"，則其意必欲舍却庸言庸行之人、天下共讀之書、人所易見之山水而所求者詭異之流、奇僻之文、絶世俗之勝地也。是雖終身奔走，殫心而竭力，終必不免於夸父逐日之患，縱使得之，亦非吾所謂好也，烏足貴乎？

愚嘗謂識盡好人，讀盡好書，看盡好山水，惟吾朱夫子是已，何者？其所識者，張、呂、蔡、黃等人也；所讀者，與村秀才尋行數墨，了得幾卷殘書也；所看者，武夷九曲，春間一登臨也。顧何嘗外是而他求耶？

雖然，君子所願，固不可過於奇異，而又必待眞箇好者，然後方可謂得其可願矣。苟或識人而有"俗物敗意"之歎，讀書而有"鄙俚可惡"之語，遊賞而未免於"不見廬山眞面目"之歸，則是又反不若未曾識、未曾讀、未曾看之猶爲無弊也。又豈可以一概論之乎？

　　愚也志是說，而欲一遇當世讀書、看山水之好人，商確之雅矣。今執事乃以此爲問，抑執事其人耶？愚之願可以遂矣。

謀道不謀食

問：傳曰："君子謀道，不謀食。"本末輕重之分，可以見矣。

對："正其義，不謀其利；明其道，不計其功"，此董子之所以爲董子也。程子謂其"度越諸子，有儒者氣象"，朱子謂其"反有力於孟子之言"。夫二先生之所推許，可謂至矣，而若夫其言之所自，則有在焉。蓋其下帷所得，正在於"謀道不謀食"一句語而推衍以爲此言也。若董子者，眞可謂善讀書者也。

　　噫！正義未嘗不利，明道豈必無功？而乃以"不謀"、"不計"等字，兩行說下，斬釘截鐵，使天下後世之人只務道義之明正而不走作於功利一邊者，此董子之心，而學問之力，亦不可誣也。

　　彼專以功利爲心而不復知有道義者，抑獨何哉？

夫道與食，正相反而亦相須。自其相反者而言，則若孟子所引陽貨之言"為富不仁，為仁不富"者是也；自其相須者而言，則若夫子所言"學也祿在其中"者是也。而究其歸，則要不出於謀道不謀食而已。

蓋嘗因是而論之，君子之為道，非為將以求食也。而苟能謀道，則食不待謀而自在其中。若先以謀食為心，則外重內輕，欲勝理微，差之毫釐，繆以千里，而必不免於以饑渴之害為心害矣。其於道也，不亦遠乎？

是故聖人之立言以詔世也，必曰"謀此而不謀彼"，使人專用心於"道"字上工夫而舍卻"食"字邊意思也。其教人救世之至公血誠，為如何哉？

嗟乎！人之於食也亦大矣，得之則生，不得則死，故政以食為一，民以食為天。自常情言之，則顧何可以不謀哉？惟其比諸道而言之，則煞有輕重、先後之別，自古皆有死，人無道不行，雖曰不謀食而死，猶不可棄道而求之，況有食在其中之理乎？

古語曰："人之在道若魚在水，得水而生，失水而死。"其不可須臾離也亦明矣。且謀道不謀食，則未必無食；而謀食不謀道，則非但違於道而已，終必幷與其所謂食者亡之矣。其取舍之分，又如何哉？

雖然，君子之謀道也，但當志於道而俛焉，日有孳孳，求所以至於道而已。苟其所以謀之者，或有一半分帶得祿在其中意思，而拖泥和水，賓金主鐵，便落在五伯假之以下規模，則其流之弊，反有甚於純然謀食者矣。此夫子所以直戒其謀不謀而<u>董子</u>所以繼之而言也。
凡爲君子謀者，可不愼其所之也哉？

　　愚也志是說而每欲與當世謀道之君子一論之矣。
今執事乃以此爲問，是所謂不謀而同也。敢不樂爲之
道乎？

文章

問: 世稱文章優劣，在於讀書多寡，而不必皆然者何歟？

對: 善言文章者，不歸之天而必歸之人，蓋不特人工之
可以奪天造也。從古以來，文章之家，雖或有天才飄
逸，不假人力者，而要之皆讀書之士也。外讀書而言文
章者，皆不知文章者也。

　　噫！苟能讀書，則<u>吳下阿蒙</u>，亦有刮目之益；苟不
讀書，則沒字<u>千秋</u>，只與喫飯之處。而況文章者，必待
磨杵而成針，焚膏而繼晷，人工旣至，天機自動，浩浩
乎胸中流出，覺其來之易，然後方可以行其所無事矣。
是豈如身之長短、力之強弱之與生俱生而不容人爲者
乎？

　　今或引<u>趙閱道</u>折<u>王介甫</u>之言而以爲“上古文章，不
係於讀書”，則不通之論也。信斯言也，則天地之始，固
未嘗先有人也而人固有化而生者，此<u>張子</u>所謂天地之

氣生之者也。以此而謂"後世亦當如"，此則其可乎？

雖然，文章固在於讀書，而讀書之法，亦自不易。苟或徒知讀書之可以爲文章，而不能有以研究其旨趣，咀嚼其英華，使其意會神融，手舞足蹈，而却只書自書，我自我，未讀時是這等人，既讀後又是這等人。則是雖日誦萬言，歲窮千編，亦何益於文章哉？

是故古人之讀書，非不欲多，而必貴乎精。披黃卷而如對聖賢，閱往事而若遇朝暮，虛着心於字字喫緊之際，高着眼於句句體玩之間，以之活潑我精神，恢拓我地步，然後試出而書之，則其筆端鼓舞之造化自然，若有相之者而不自覺矣。此眞讀書之效而文章之妙也。

雖然，善讀書者，亦在乎天才之高而不專在乎讀之之法。蓋惟有其才，然後能識讀書之法而能盡讀書之用。不然則扞格昏蔽，終是隔幾重膜子，其發而爲文章也，畢竟鈍滯而不活，俗俚而不雅。世蓋有好讀書而文章無稱者，豈非坐此而然耶？然則有天才而又盡人工，然後始可與議於文章之道矣。其不可易而言之也亦明矣，而固非人人所可爲也。

嗟乎！文章尚然，而況讀聖人之書以求聖人之道者耶？苟能讀以求之，則文章特不過餘事耳。世之人惟不知第一等義理也，故其所謂讀書者，只以文章爲準的，而其於文章，亦不能無力不足之歎，斯其可哀也已。向所謂"不歸之天，而必歸之人"者，尤豈不可驗也耶？

愚也上而不能竭力於聖人之道，下而不能展步於
文章之域，常自反之不暇矣。今執事之問，只及於讀書
爲文章之說，無乃引而不發以觀愚生之俯仰耶？愚請
以所讀之書藉手而陳之可乎？

正名

問：子曰：“必也正名乎。”爲政之急務，果莫先於正名歟？

對：名之時義，大矣哉！凡天下之百千萬物、百千萬
事，有其實，則必有其名；見其名，則可知其實。今若
自其本體而言，則實者，名之主也，名者，實之賓也，
固可以先其實而後其名也。自其發見而言，則名者，實
之符也；實者，名之標也。欲驗其實，則不以名何以
哉？是故君子必以名爲重，物物而思所以正其名焉，
事事而求所以正其名焉。名既正，則其實之正，自可見
矣。

然而名之正不正，何以知之？蓋名當其實，則其名
也正；名實乖紊，則其名也不正。名正則言無不順而事
皆得其序矣，名不正則一事有苟而其餘無不苟矣。信
乎名者，天下之先務；而名之者，君子之極功也。

噫！天尊地卑，乾坤定矣，則乾坤之名正而便可見
天地之實體；卑高以陳，貴賤位矣，則貴賤之名正而便

可觀卑高之實理。君臣而有君臣之名，父子而有父子之名，此固是正名中之最大者。而蓋自三綱五倫以至於一物一事，苟有其名，不可不正，《大學》所謂格·致·誠·正、修·齊·治·平之道，顧安有外是而他求者哉？

且夫禮莫大於分，分莫大於名，則人之所以爲人，國之所以爲國，苟究其本，則惟名是已。在《易·履》之象曰："上天下澤履，君子以，辨上下定民志。"此言上下之名正，則民之志定，而履之所以爲禮者也。"《春秋》之法，用貴治賤，不以卑臨尊，而不稱楚、越之王。"此言王之名正，則尊卑之分明，而《春秋》之所以當一治者也。聖人之於正名，若是其汲汲者無他，亦不過欲其名之必可言，言之必可行，而無所苟而已矣。

然則"正名"二字，乃天地之常經，古今之通誼，而君君、臣臣、父父、子子之第一箇妙訣也，不亦大乎？今夫一小事纔有不正其名者，則便開口有礙，說不去了。既說不去，如何行得去乎？既行不去，便觸處顛倒乖戾，無一中節。而況爲政之道，名苟不正，則其害畢竟至於民無所措手足。此所謂"根柢既病，枝葉無不凋瘁"者也，可不懼哉？

嗟乎！從古以來，言不順而事不成者，莫不由不正名爲祟。而當其時任其責者，不惟不知正名之當先，又從而以不正濟不正。正如朱子所謂如"一人被火，急取水來救始得，却教他取火來"者也，由不知名實相須之義故也。

《儀禮》曰："名者，人治之大者也。"世之有意於人治者，誠能以名爲大而講明乎先正之術，則其餘百千萬事，特舉措間事耳。夫如是，則箕鄭所謂信於名，則上下不干，尹文子所謂名所以正尊卑者，舉將不勞而食其效矣，詎不偉歟？

愚也每歎名之時義之大，思欲就當世之先名實者一正之，而苦未有路耳。今何幸執事之問，犁然而至也？

不動心

問：《傳》曰："不動心有道。"心是活物，出入無時，莫知其鄉。其所以不動心者，有何道歟？

對：欲其心之不動而固守其心，以爲不動者，非吾道之不動心也。惟此心未嘗必其不動，而自然不動，然後是眞爲不動心矣。何者？

於其言有所不達，則舍置其言而不復反求其理於心；於其心有所不安，則力制其心而不復更求其助於氣。其所以不動心者，殆亦冥然無覺，悍然不顧而已者。此所謂欲其心之不動，而固守其心以爲不動者也。

自其所謂不動心者而言，則信不動矣；自吾道之不動心而言，則蓋不翅相萬也。乃若吾道之不動心，則異乎是。志乃心之所之而爲氣之將帥，則於是乎敬守而勿忘；氣是體之所充而爲志之卒徒，則於是乎致養而無暴。內外本末，交相培養，造次顚沛，罔或虧欠，以至於反身循理，守其要約，明夫道義而於天下之事無所疑，配夫道義而於天下之事無所懼。而又當君子道明、德立之時，則此其所以當天下之大任，受天下之重責，未嘗必其不動，而自然不動者也。

譬如智勇之將，其料敵制勝之策，固已判然於胸中，而貔貅百萬之衆，又爲之赴湯而蹈火。故千里轉戰，所向無敵。苟或將不以正正之陣、堂堂之旗，御其三軍，又無蚍蜉蟻子之援，而徒欲恃其區區之勇，挺身深入，則其不爲敵所禽者，特幸而已，尙何功之有哉？

是故君子不動心之爲貴，而非固守不動之謂也，乃自然不動之謂也。彼刺客之流，以必勝爲主而不動心；力戰之士，以無懼爲主而不動心者，又何足道哉？

蓋人之生也，稟得天地之正氣，本自浩然盛大流行，倘若失養而餒，不足於心，則其體有所不充而自視未免歉然。一時所爲，雖未必不出於正，亦終必至於恐懼疑惑而不足以有爲矣，其於不動心，不亦遠乎？

夫惟君子知其然也，爲能不失其養，充其體段，其於人心之裁制、天理之自然，沕合無欠，而自反常直，罔有愧怍。於凡天下之言，無不有以究極其理而識其是非得失之所以然；於凡天下之事，無不有以勇決於行而絕其畏難疑憚之所自來，則所謂“盛大流行之全體大用，渾然可見"，而眞可謂不動心矣。若是乎不動心之不可容一毫私意有所作爲於其間也。

愚也每於讀書之際，竊歎此心之妙，而思欲以是說，一與當世之當大任不動心者論之矣。今執事之問，特及於此，其可謂知所本矣。

鳴

問：韓昌黎曰："物不得其平則鳴。"然則凡物之鳴，皆由於不平而然歟？

對：鳴其所當鳴之時，則爲善鳴；鳴其所不當鳴之時，則非善鳴。由此言之，則物雖有善鳴，而爲之祥者，在乎得其時而已，時之爲義大矣哉。今夫鳳凰可謂物之善鳴者也，而苟不得其時，則亦楚人之山鷄也。愚請先言鳴其所當鳴而後言鳴其所不當鳴可乎？

在昔黃帝之時，鳳巢阿閣，帝坐玄扈樓上，與司馬容光臨觀之，而其雄鳴爲六，雌鳴亦六。乃使伶倫取嶰谷之竹，寫其鳴而製十二箭，以別十二律，此實萬古音樂之權輿也。則此一鳴，乃天地間最初頭善鳴而喚起千萬世大小鳴，不翅若桃都樹上天鷄一鳴，醒得天下之夢。

是故賢愚皆以爲美瑞，願一聞其鳴而不可得，蓋由其所當鳴而鳴故也，匪直以鴻前麐後，小音金大音鼓，律五聲、儀九德之鳴而已也。

自是厥後，少昊以鳥紀官之時而至焉，帝舜《簫韶》九成之日而儀焉。岐山之鳴，可想於祥風、和聲之句而文王興；高崗之鳴，至形於雝雝、喈喈之詠而成王昌。此皆得其時而善鳴者也。至若周公閔王業之艱而歎鳴鳥之不聞，夫子痛吾道之否而惜鳳鳥之不至，則“鳳兮鳳兮”，眞可謂不世出之祥。而鏘鏘之鳴，若是其難耶。

嗟乎！自漢以後，一何鳳鳴之多也？鳴乎東海魯郡而昭帝有遣使祠祀之舉，鳴乎上林長樂而宣帝有作殿改元之事。潁川之鳴，加太守金爵之賞；亭部之鳴，給民庶二年之租；劉曜之時，將五子而悲鳴未央；晉穆之世，携九雛而鳴飛豐城。以彼縹縹高逝之姿，輒作翩翩戔止之狀，動稱其祥，史不絕書，殆有甚於凡毛常羽喟啾之鳴。則尚何貴於丹穴之九苞而爭先覩之爲快耶？此所謂鳴其所不當鳴之時而不可謂之善鳴也。

愚未知其所謂鳳者，果是翔千仞之羽；而其所謂鳴者，果是覽德輝之音耶？雖然，均是鳴也，而鳴於黃帝、虞、周之時，則爲善鳴而祥有其應，鳴於兩漢、晉、胡之際，則爲不善鳴而瑞無其驗，是豈鳳之鳴，有異於前後哉？亦由乎當其時使之鳴者之如何耳。是故使之鳴者善，則其鳴也亦善；使之鳴者不善，則其鳴也亦不善，其亦幸而鳴於上世，其亦不幸而鳴於後世也。

噫。上世之鳴，不但爲瑞於一時，千載之下，猶可想聞其鳴至治之音。而後世之鳴，不但無應於當時，反以資千萬代之譏笑，則當其時而使之鳴者，可不知所擇耶？

愚也志是說，思欲爲當世輔治之君子一鳴之矣。今執事之叩而鳴之也，適及於此，愚也幸。

敬授人時

問：《堯典》曰："敬授人時。"信乎聖人治天下之大法，莫大於此，而亦莫先於此也。

對：《箕疇》不云乎？歲月日時無易，百穀用成，乂用明；日月歲時旣易，百穀用不成，乂用昏不明。時之易無易，而穀之成不成，乂之明不明繫焉，則虞舜所謂食哉惟時，而孟子所謂民事不可緩者，此也。

夫然則應天之時而主民之時者，可不思所以盡敬授之義，致成明之休哉？觀夫析、因、夷、隩而驗其氣之涼燠，則歲月日之時，有無易之休矣；覽乎尾、革、俓、虛而知其物之變化，則日月歲之時，無旣易之咎矣。降婁司昏，犁貞牖而牛在戶，則野人舉趾之時也；析木司晨，露下地而月入室，則農人滌場之時也。春夏秋冬之事務各異，而或失其授，則非聖人欽敬之心也；日行、星躔之推步甚難，而或忽其授，則非聖人欽敬之法也。

是故當其時也，順帝之謠，含哺之歌，熙熙皥皥，罔不從"敬授人時"四字中做出來，則是固不可不爲治天下之第一成法。

而三正迭運，金火遞遷，至於秦而以水德王天下，爲同於顓帝，於是乎有十月歲首之法。至於漢而以元封七年，爲合於夏正，於是乎有唐都、洛下閎之曆，規規於星紀之書，而於人時則茫然也；弊弊於曆象之具，而於人時則昧如也。民不失時之政，邈焉難覯；不得耕耨之怨，紛然相繼。則是由於聖人欽敬之義，不傳於後世耶？後世授時之法，不師於聖人耶？

自堯以後，惟吾夫子獨得敬授之義，其答顏淵爲邦之問，則曰"行夏之時"；其言道千乘之國，則曰"使民以時"。使夫子得位，則欽若之心，將與昊天而問答，曆象之法，自見千歲之坐致，茲豈非聖之時者耶？雖不能親命羲、和，口詔賓餞，而尊閣之《書》，出於壁中，敬授之訣，萬世不泯者，伊誰之力歟？如有願治之主，舉而措之，是亦堯也，何患乎日月歲之或易而穀不成、乂不明乎？

愚雖顓劣，乃所願則學孔子者也，懷是說而欲獻諸茅宮八彩之前，而未有其路矣。明問及此，愚也何幸？

四勿

問：顏淵問克己復禮之目，子曰："非禮勿視，非禮勿聽，非禮勿言，非禮勿動。"信乎四勿者乃聖人傳授心法切要之言也。

對：愚嘗於雷天之象，有以知夫四勿之義也。其曰"雷在天上大壯，君子以，非禮弗履"，聖人之意，豈不以非禮二字，有不可以半上落下，尋常說去故耶？

夫雷在天上，是何等氣象，何等威嚴？而君子以之，則赴湯火，蹈白刃，武夫之勇可能也，揮五丁反山川，巨靈之力可及也，至於一日克己復禮，則非君子之大壯，烏可爲也？

彼視也、聽也、言也、動也，皆君子之履也。苟以禮而履，則四者皆不期勿而自無非禮之事，一勿字足以盡之矣。苟非禮而履，則凡坐臥起居，寢食容貌，舉皆爲非禮之歸矣，是雖語之以千萬勿，亦不足以克其己而復乎禮也。

夫子知其如此也，故特以此繫之於雷天之象，而惟顏子爲能問其目也。故復以四勿分而言之，顏子之請事，有如天旋、地轉、雷厲、風行，則亦法乎《大壯》而已。苟或有一毫等待遲疑之意，失聲於破釜，變色於蜂蠆，則反不若向所謂武夫之勇、巨靈之力也，豈所以爲顏子者哉？

噫！勿者，禁止之辭，弗則自不爲矣，君子之非禮弗履者，何嘗待禁止之力？而聖人之必以四勿字，分析而詳言之者，蓋以克己復禮之機，示天下後世以心法之傳授也。今我聖上命大司成，率太學諸儒生，取《四勿箴》等諸格語，相與講明於明倫堂，月三行焉，甚盛舉也。而徒掇拾先儒之論，以爲口實而已，未聞有豪傑之士興起於四勿之訓，慨然以請事爲己任者，尚何望於雷在天上，非禮弗履之君子也哉？

愚也不敏，心能好之而力不能勝之，則其所高談大言，竊議當世者，有似乎同浴譏裸。而乃所願則學孔子者也，懷是說而欲質諸當世君子矣。明問及此，愚雖欲勿言得乎？

服飾

問：服飾者，人身之章也。其色采、制樣，可以觀人之威儀，覘俗之習尚，則此歷代有國之所重也。

對：服堯之服，行桀之行，是亦桀而已矣；服桀之服，行堯之行，是亦堯而已矣。人之爲堯爲桀，果在於服乎？果在於行乎？

是故論外物之所以章身者，則莫如服飾；論在我之所以章身者，則不在服飾。被褐懷玉而敝縕不恥於狐貉，則服飾非君子之所先也；捉衿曳履而商聲若出於金石，則服飾非吾道之所急也。

見魯國多君子之服，而謂皆君子則迂矣；觀猿狙衣周公之服，而疑其周公則謬矣。問其服則是，校其行則非，則不免爲桀之流矣；問其服則非，校其行則是，則不害爲堯之徒矣。然則服飾之果不足以爲章身之物，而人之所以章身者，果不在於服飾也明矣。

其或恥於惡衣而不能自守，務飾邊幅而徒事外物，則是服飾者，不惟不能章身，而反所以累其身也。夫爲服飾者，求所以章其身也。苟不能知在我之所以章身，而徒欲章其身以外物，則亦必至於堯服桀行之歸矣，可不懼哉？

噫！堯服桀行，甚於桀服桀行，何者？桀其服而桀其行，則內不足以欺其心，外不足以化乎人，其弊猶止於一身而已。而至於桀其行而堯其服，則的然而日亡，厭然而外揜，挈一世於遺內務外之域，其弊反有不可勝言者矣。豈不尤可懼哉？

若夫衣錦尙絅，闇然日章，令聞廣譽施於身，而不願人之文繡，則君子在我之所以章身者可知，而服飾之或堯或桀，直餘事耳。

噫！今之世，其堯服耶？桀服耶？堯服而桀行耶？桀服而堯行耶？試看天下陸沈於左袵氈裘之域，則蓋又非桀服之比也，行之堯、桀，尙何論哉？

愚也以箕子遺民，幸生於海外偏邦，得見盛世服飾

之流風遺俗，又被我聖上服堯行堯之化，顧中州而心
怛，撫法服而竊喜，每欲爲當世補袞之君子一陳之矣。
今先生之問，適有以及之，欲隕之淚，正得雍門琴也。

豐年爲上瑞

問：古人以豐年爲上瑞，豐年之爲上瑞，有國之所固然也。
【時有"虛頭無過十行"之上教，故此下七首皆用此體。】

對：　人皆以豐年上瑞爲瑞外之瑞，而不知豐年乃瑞中
之一事。則無惑乎以豐爲豐，以瑞爲瑞，判而二之而强
名之曰上瑞也。

　　噫！風不鳴條，雨不破塊，瑞莫過於此，而其應也
必豐；雪下三白，月從衆星，祥莫大於斯，而其驗也在
豐。　是故琴奏時薰而虞野無不豐之年，則比諸景星、
卿雲，是乃上瑞也；波靜海天而周家騰屢豐之謠，則視
彼白雉、火烏，斯爲上瑞也。

　　然則天之將錫康年也，未始不先之以瑞，而其所謂
千斯倉萬斯箱者，特其枹鼓影響之必然者耳。

　　愚也每感瑞爲豐、豐爲瑞之理而欲一質於願年豐
之君子矣。何幸執事之問，犁然而至也？

慎獨

問：幽暗之中，隱微之處，君子特加謹慎，以遏人欲之萌。此《思傳》所謂慎獨之事也。

對：獨之爲字，單之稱而衆之對也。故與衆者不謂之獨，而必單身然後乃可曰獨也。

然而身猶外也，以一日言之，獨之時恒少，不獨之時恒多，則雖獨猶不獨也，天下之至獨者，其惟心乎。處乎方寸之間而其體澹然，具乎虛靈之理而其象凝然。此身之獨不獨，有時而異，而此心則未嘗不獨。凡幾微之際，毫忽之間，蓋莫不獨知而獨見，則語其獨，孰有加於心者哉？

雖然，天下之至難獨者亦心也。出入無時，晷刻千里，則身雖獨而心不獨也，欲使之獨處神明之舍，獨全中和之理，不至爲衆人歸也，殆亦難矣。然則與其慎於身之獨也，曷若慎於心之獨也？愚也非敢曰獨見而慎之不出矣。今執事與衆而問之以慎獨，其可獨不言乎？

竊謂聖學之要只在慎獨。蓋幽暗之中，人所不見，則斯謂之獨也；隱微之處，衆所不知，則是謂之獨也。人不知而己獨知，則謂人可欺而易循於私慾；物不接而我獨居，則謂迹可揜而易流於自肆。

衆人之所忽，而惟君子則必於此而慎之；凡流之所難，而在聖學則每於斯而謹之。全天理於微妙之地，而惟恐此心之或弛；遏人欲於萌蘖之際，而惟患一念之或忘，則《中庸》愼獨之訓，不亦至乎？

是以自古聖賢，莫不於愼獨上致力。雖在幽暗之中，而其所以愼之也，殆甚於明顯之地；雖在隱微之處，而其所以謹之也，不啻若著見之事。操此心於幽獨得肆之際，而不使人欲得以潛滋暗長於其間；致篤工於單獨無人之時，而罔俾私意因而乍萌漸漬於其中。知其莫見乎隱而所戒者獨也，審其莫顯乎微而所懼者獨也。守此而爲聖爲賢，失此而爲狂爲愚，則有是哉，愼獨之爲聖學第一妙訣也。

雖然，孰不知獨之當愼？而能愼者寡。孰不知獨之宜謹？而不謹者多。此其故何哉？亦由乎不知其所以行之之要也，如欲得其要而行之，則盍於敬字上勉旃？

請沿明問，仰敷管見。《思傳》旣有“戒愼不睹，恐懼不聞”之語，而又繼之曰“愼其獨也”。不睹、不聞，亦何異於獨，而再下愼字，則無所事於戒懼耶？

噫！詳言之，則戒愼、恐懼；約言之，則只是愼之一字。而戒懼者，所以涵養於喜怒哀樂未發之前；愼獨者，所以省察於喜怒哀樂已發之時，則固有工夫之先後。而戒懼是自家不睹不聞之時，愼獨是衆人不睹不聞之際，則此正是兩項地頭。

又況存養、省察，自有體用、始終之別，則何可囫圇說去而有疑於字句之或同耶？善惡之幾，<u>陳三山</u>之說，而幾善惡，又是周子之訓，則執事信有疑於同異耶？

噫！曰隱曰微，則此念已萌，特人不及知，隱而未見，微而未顯耳。然而迹雖未形，而幾則已動；人雖未知，而我已知之，則固已甚見而甚顯矣。此正所謂"善惡之幾"，而《通書》之幾亦是從是非分界處言，則可謂同而未可謂異也。子思之前，必有所傳授；子思之後，必有所合。執事信有疑於其間耶？

噫！子思之所從學者，曾子也；曾子之所立教者，《大學》也。《大學》誠意章，已有愼獨二字，則子思之言，蓋本於此矣。後乎子思而傳子思之道者，朱子也。今觀其《敬齋箴》一篇，與子思之言無不相合，靜而敬，是戒懼也；動而敬，是愼獨也。惟恐須臾之有間，是戒懼也；惟恐毫釐之有差，是愼獨也。

蓋君子之心，常存此敬，不睹不聞時亦是敬，獨時尤是敬。所以未發時，渾是本然之天理，此敬足以存之；纔發時，便有將然之人欲，此敬足以遏之。此箴語所以節節相應，而愚所以以敬之一字爲愼獨之要也。獨言其獨，則似無所愼，於群居之時，愼之而已，則未知何樣於戒懼之工？執事信有疑於此耶？

噫！"十目所視，十手所指"，與"暗室不欺"同是愼處。而與衆人對坐，自心中發念，或正或不正，此亦是獨處。如一片止水中間，有一點動處，已有朱子之明訓，則獨與群居無以異矣。戒懼，是體統做工夫；愼獨，又是於其中緊切處加工夫。則防之於未然以全其體者，戒懼也；察之於將然以審其幾者，愼獨也。先後雖異，而其工則同；始終雖別，而其愼則一。烏可以戒懼與愼獨，分而爲異樣別般底工夫耶？

不愧屋漏，見於《懿》戒；乾乾惕若，著於《乾》三。執事信有疑於愼獨之在此耶？

噫！衛武之詩，未便是直指愼獨工夫，而苟能眞不愧於屋漏，則雖君子愼獨之工，亦無以加矣。況日乾夕惕，聖人之所勉而學者之所師，則愼獨之事，未嘗不在其中也。聖賢之言，見於經傳者，其異條而同貫也，有如是矣。

在川歎逝，夫子之寓微意也，而伊川云"其要只在謹獨"；使民如祭，仲弓之承聖訓也，而伊川亦云"惟謹獨便是守之之法"。執事信有疑於其言之不相符耶？

噫！往者過，來者續，無一息之間斷者，純亦不已之天德也。出門如見大賓，使民如承大祭者，動容周旋之中禮也。能謹獨，則無間斷而其理不窮，便會如川流底意，此非其要之在於愼獨乎？心廣體胖，持敬之氣象，而又必於一念萌動，己所獨知之處，致其謹焉，然後乃爲用功之要，此非守之之在於愼獨乎？

以此觀之，聖學之無乎不在愼獨，亦可以見矣。平生無不可對人道者，吾知其脚踏實地之人也；天知神知，何謂無知者，吾知其關西夫子之言也。執事信有疑於二君子之果能愼獨耶？

噫！司馬之名，走卒皆知，則可知其誠信之所孚也；暮夜之金，辭而却之，則可想其清廉之攸致也。似此者雖謂之無愧於愼獨可也。坐忘、入定，俱未免見棄於吾道，執事信有疑於似乎愼獨耶？

噫！愼之一字，與戒懼等字竝稱，乃聖學之所以徹上徹下，成始成終，則固非塊然無一事之謂。而彼承禎之坐忘，釋氏之入定，却是以虛無寂滅之學，守枯木、死灰之法者也。烏可以異端遺外之術，而擬議於吾儒戒愼之工耶？是固儒釋之所以分而邪正之所當辨也。學者必先明乎此，然後庶可免惑異術騖他途之患矣。

經綸

問：人有恒言曰："經綸天下，治天下之大經、大法，具在方冊。"讀書窮理，則人皆可以任經綸之責歟？

對：天下之事，絲牽而繩連，故治民如治絲。於是乎有經綸之說，經綸者，治絲之名也。

夫絲之爲物，有經、有綸，或分而二之，或合而一之。結則解之，亂則理之，斷則續之，欲色之則染，欲文之則織。"絲兮絲兮，汝所治兮。"嗚呼！絲猶然，人爲甚。不有大人者，起心上之經綸，析縷於微妙之境，尋緒於盤錯之際，有綜理纖密之美，無絲毫紊亂之患，則又安能綱舉維張，扶一絲而熙庶績也哉？然則天下之經綸雖多，惟在吾一心上經綸如何耳。

愚也紬繹是說，欲獻之當世經綸之君子者雅矣。今何幸拜命之辱？竊謂雲雷經綸，《易經》垂訓，經綸大經，《思傳》揭義。蓋理絲之緒而分之曰經，比絲之類而合之曰綸，經是分疏條理之謂也，綸是牽連相合之謂也。治天下者，如治絲之有經有綸，故名之曰經綸；理萬事者，若理絲之或經或綸，故稱之以經綸。

因其各有條理而使之一定而不亂者，是乃經也，則任天下之事者，亦當如之。以其牽比倫類而使之自然相合者，斯為綸也，則治四海之民者，亦宜則之。此所以人有恒言，必曰經綸天下也。

是以古之治天下者，必留其經綸之迹於方冊之上；今之治天下者，必法其經綸之則於經傳之中。大經大法，炳如日星而可傳於後世；一事一為，昭若指掌而可垂於萬代。苟能讀其書而窮其理，則今之經綸，猶古之經綸也；苟能因其迹而師其心，則吾之經綸，猶人之經綸也。若是乎人皆可以任經綸之責也。

雖然，孰不知治天下之當以經綸？而能施經綸者寡。孰不知經綸之在於讀書窮理？而讀書窮理者少。此其故何哉？由乎不知其本也。其本安在？在乎心而已。

和

問: 無所乖戾謂之和, 和之義大矣哉!

對: 和字有相和之意, 是感應底理。陰陽感則和, 乾坤
感則和, 不感, 安有和哉? 是故以天人言之, 人和則天
和, 以其相感也; 以國民言之, 民和則國和, 以其相應
也。小而一家之中, 大而四海之內, 未嘗不由感而和,
不過是自然之理。而或以和爲別般物事, 有若奇祥異
瑞之間有而罕見則過矣。

雖然, 和之應亦在乎所以感之如何, 感不以和, 應
豈以和? 故終古人和而天和, 民和而國和者, 蓋絕無而
僅有, 反不若奇祥異瑞之猶有可言者, 則夫所謂和也
者, 豈非天地間最難得者耶?

愚之抱和璞久矣, 何幸拜問?

元

問: 元, 爲四德之首。大哉元也!

對: 元者, 無對之稱, 有對非元也。是故《說文》云: "從
一從兀曰元。" 夫一在兀上, 豈非極高而無對之象乎?
且以字學言之, 一之在上, 猶天字之一在大字之上

也；兀之在下，猶堯字之兀在三土之下也。自開闢以
後，孰有大於天者乎？自帝王以來，孰有聖於堯者乎？
然則元之爲字，惟則天大之堯，可以當之。

　而凡一元之間，法天之元，師堯之元者，皆不可不
顧名而思義也。苟或不體虞舜作歌之義，罔念晦翁改
字之意，則烏可謂在德元而作民元耶？

　愚也志是說，欲獻之九重而未有路耳，今何幸顛倒
於先生問也？

四重歌

問：《日重光》、《月重輪》、《星重輝》、《海重潤》，是謂四
重，漢人所以歌頌太子之德者也。

對：重者，言其德之重也。苟只言其德之重，則一而可
矣，何必四乎？苟欲重言複言而不已，則雖千萬重，猶
不足以盡之，奚獨四乎？

　噫！元后既有其德，儲君又重其德，頌美之不足。
而形諸樂章，以寓其反復詠歎之意，則固不可一言其
重。如古史氏之例，而將欲鋪張而指喻，則苟非舉其大
者，亦必至於雜亂矣。

　夫在天惟三光爲最著，在地惟四海爲最鉅，如欲
極言天地間明不盡而澤無窮者，舍是四者，何以哉？然

則是四重，約言之則一重而已，推言之則千萬重而不
盡矣。論四重者，又不可不知此義也。

　　今當歌四重之日，竊抱獻九重之誠矣，何幸拜問？

風流

問：風流之於人，亦可以觀其世也。

對：於戲！一自風流二字作爲標目，而上世風流，遂不
可復見，可勝惜哉？蓋聞太古之風流，如春風流動，萬
物咸昌，溢金膏於紫洞，棲玉燭於玄都。當是時也，凡
霜露所墜，舟車所至，舉皆熙熙如、皞皞如，宛有登春
臺被和風底氣象。是故《南風》之詩、《卿雲》之歌，各
得其樂，而上下之風流可見；擊壤之歌、童子之謠，各
遂其性，而老少之風流如彼。此眞第一等風流，直使鼓
舞動盪於四海、八荒之內，而其流風餘韻，足以至於千
萬世而不盡。

　　噫！其盛也如此，而後世之終不可幾及者，豈有他
哉？以有風流之實而無風流之名也。降茲以來，有其
名而無其實，混沌鑿而任眞之風衰，粉飾生而務外之意
勝。所慕效者，風采之動人，而或不無遺落事情之患；
所趨尙者，風致之出群，而類不免大言無當之歸。風流
則風流矣，其於上世之風流亦遠矣，苟能知取舍於名實

之間，則始可以言風流矣。

春

問：春，爲一歲之始而四時之首。其薰然以和，融然以暢者，何氣之使然也？

兩儀肇判之初，已有此稱，而三正迭用之時，亦因其名歟！

其行爲木而其德爲仁，其位在東而其色屬青者何歟？

斗柄斟酌元氣，必指於寅，太史謁之天子，必先三日者何歟？

《羲易》資始之道，可明其實歟？《麟經》尊王之義，可言其詳歟？

嵎夷賓日，必以其仲；木鐸徇路，必取其孟者，何義歟？

一百五之稱節，其義何據？三十六之托詠，其旨安在？

省耕議貸，固帝王之美政而行之幾人？踏青修禊，亦昇平之勝事而昉於何代？

雩壇六七人詠而曾點之氣象，何如？程門三箇月坐了公揆之觀感，何事？

嗚呼云云。【丙申三月，增廣初試，以國恤罷場。】

對：人徒知春之爲春而不知非春之春，則無或乎執事之當春而以春爲問也。

夫天地之氣，安往而非春也？自人而觀之，則生成者春也，肅殺者秋也。其爲氣候之相反，誠有若春自春秋自秋者。而自天而言之，則雖有四時之不同，而太和元氣，未始不流行於其間，曾無一息之間斷，特春爲之首而已。今若以四時之序成功者去，而謂之春歸以後，便爲非春，則烏乎其可也？

嗟乎！何獨天地之春爲然？吾儒門中亦有四時之春。夫子，太和元氣也。其時措之宜，中和之德，雖不可偏以春之一字名之，而實則無處而非春也。顏子，善學者也，故其和風慶雲之氣象，乃有春生底意思。至於鄒孟氏，雖曰幷秋殺盡見，而亦未嘗無一段春和之氣，盛大流行於其間。則惟此胸中之春，蓋其貫四時亘萬古相傳之妙訣，而亦所以體得天地之春，無往而不在也。天地非三月之春，則無以成四時之功；聖賢非一團之春，則無以垂萬世之教。而其所以爲春者，惟在乎太和元氣之流行而不窮也。

或者見一草之榮而覺天地之陽和，聞一言之仁而驗聖賢之氣象，則皆一偏之見也。孰知夫宿爾而成物之化，渾然而飲人以和耶？愚也每欲以非春之春，一與當世之君子揚搉之雅矣，今何幸春圍之奉敎也？

竊謂天地陽和，其名爲春。蓋一歲之中，春爲之始；四時之分，春居乎首。其日甲乙而初數孟、仲、季之三朔，其神句芒而最先夏、秋、冬之三時。運化於獻發之時，而萬物以之陶甄；布德於《震》卯之維，而品彙以之發生。則此春之所以始一歲首四時，而成天地生物之功也。是以其為氣也，薰然而以和，其為澤也融然而以暢。

三陽有開《泰》之休而春日焉遲遲？萬物騰出《震》之象而春風焉徐徐？厥民之陶者析而自得於熙和之中，鳥獸之氄者尾而咸囿於發育之內。則天地溫厚之氣，始於東北，而其所以使然者，莫之為而為也。乾坤仁愛之氣，盛於東南，而其所以致此者，不期然而然也。有是哉，春氣之和暢，可以見天地之大德也。

雖然，徒知天地之有春，而不知所以代天而對時，則是雖有天地之春，而物不得逢其春也，烏在其為春也？子思子曰：「致中和，天地位，萬物育。」此其體天之春而行吾之春之道乎？於乎！愚請先論明問之得失而後，及於愚見可乎？

兩儀肇判之初，便有此四時，則謂之已有此春可也。而兩儀肇判之後歷幾會，始有書契，則謂之已有此稱，愚不敢知也。三正迭遷，只因正朔之改，則天地之春固自在也。顧何嘗不因其名耶？

其行為木而其德為仁，其位在東而其色屬青者，此蓋東為生物之方，而春乃生物之時也。以五行分屬則木也，以五德分屬則仁也，以五色分屬則青也，何必有疑於是乎？斟酌元氣，運平四時者，北斗之柄而惟其所指即為其時，則孟春而必指乎寅方者，良由此也。盛德在木，謁之天子者太史之職，而迎春東郊，布德和令，則立春而必先乎三日者，其以是。

夫《羲易》資始之道，只是贊乾元之大，非謂春爲四時之始。則何可以此而獨爲一春之義乎？《麟經》尊王之筆乃聖人謹始之意，實《春秋》第一之義，則春之最重於四時，亦可見矣。

嵎夷賓日，必以其仲者，所以測日中者，在乎春分也。木鐸徇路，必取其孟者，所以布新令者，貴乎歲首也。

百五佳節，以其自冬至至寒食之日數而言也。六六春宮，以其或卦畫或卦數之合計而稱也。

省耕議貸，帝王之美政，而三代以後，惟漢文可謂能行。則其餘賑貸之詔相續，而仁民之澤未究者，愚不欲沾沾也。踏青修禊，昇平之勝事，而漢、魏以後至晉俗，最以爲重。則若夫時節之沿革無常而處所之彼此互異者，愚何必娓娓也？

沂水春風，共冠童而詠歸，則曾點之志，宛然鳳凰翔千仞之氣象。而愚嘗讀《宋史》，朱光庭見明道而謂人曰："在春風中坐了一箇月"。此蓋形容其親炙於一團和氣之久。而今執事乃以爲三箇月，此無乃愚生之謏聞而然耶？抑或執事之不能無失耶？

噫！天開地闢，孰不知春之爲春？而自寅至子，迭用其正，自是三代之相繼也；大寒之後，必有陽春，乃爲天道之常運也，其名之因不因，非所可論。位於東而德於仁，則可見首始之意也；屬於木而色於青，則可知發生之心也。

先儒定論，可揭千春。魁杓東指，天下皆春，則必指於寅，所以爲天機旋斡之妙也。親帥公卿，行慶施惠，則必先三日，所以爲王者體行之政也。萬物資始，可見雲行雨施之理；春王正月，實出扶綱樹元之心。則天之所以爲大，春之所以爲重，有如是矣。

分命羲仲，以殷仲春，則聖人測候之法，若是其密也。每歲孟春，遒人徇鐸，則先王警勑之政，不啻乎嚴矣。

"一百五日寒食雨，二十四番花信風"之句，吾知其名言之在兹也；"天根月窟閒來往，三十六宮都是春"之詩，吾知其奧理之說出也。

春省耕而補不足，方春和而議賑貸，俱是王政之大者，則愚未知千萬古能幾人矣。

踏草春而供遨遊，臨流水而修禊事，莫非太平之勝賞，則愚未知漢、晉前亦有是否。鏗爾舍瑟，異乎三子之撰，則點也言志，獨起夫子之喟然。

瑞日祥雲，儼若泥塑之人，則公掞近譬，宛見程門之氣象，倘所謂在人之春者非耶？

蓋嘗論之：春之爲時也，處乎一年之首，暢其萬和之氣。在天則爲發生萬彙之機，在人則成茂對育物之功。太簇應律而野花啼鳥得一般之樂意，條風扇物而肖翹蠕頓無一箇之失所。斯誠天地之昌會，人世之熙運也。

於斯時也，而爲吾民者，或有匹夫、匹婦之不獲其所，則是豈王者"奉若天道，子惠困窮"之意乎？是故古昔聖王之代天工而御四海也，懋體元行仁之道，軫與物同春之義。闢青陽而命有司，發倉廩而賜貧窮，使天地間含生之類皆有以自樂，以致俗有熙皞之美，民無夭札之患。和氣洋溢於兩間，庶品蕃茂於九有，眞有簁畫太平之春光。則此乃唐、虞、三代之所以爲盛，而邵翁所以鋪叙皇王於《經世書》中，元會運世之數，必以屬諸春者也。

嗟夫！天道循環，無往不復，貞而元，冬而春，蓋無異於有國之既亂而復治，世道之既汙而復隆。則揆諸人事，宜若四時之推於橐籥之中，而獨奈何秦、漢以下以至五季之際，治日常少，亂日常多，無春物昌昌之美，有長夜漫漫之象，臀發凜冽如秋似冬，長使志士有恐溘死不得見陽春之歎？

雖或有漢、唐中主小康之世，而亦不過朱夫子所謂"嚴霜大凍之中，或有些風和日暖之時"，則上古四海咸春之至治，其將終不可復見耶？

惟我小華，東方其國也，青丘其號也。一片春光獨保於此，而聖繼神承，治化熙洽。萬重烟花，恰有江山之麗；遲日風雲，徐馭羲和之轡。氤氳乎，淡蕩乎！致治之盛，茅宮土階也；作人之效，春風和氣也。三古邳隆之休，一元充滿之氣，藹然復覯於千載之後，則豈不盛哉?

然而試觀，挽近以來，時候或至於愆常，歲功不免於失稔。春秋之災異，史不絕書；魯室之懸罄，人皆爲歎。諸邑之賑政，非不效漢帝之春詔，而徒成文具，民有顛連之患。田野之勸農，非不若唐宗之遣使，而違奪其時，穀無蓄儲之美。三陽已回於東陸，而蔀屋有歎息愁恨之聲；一氣漸舒於普天，而康衢無含哺鼓腹之歌。泰階同樂之美，寥寥蒿目；而秋原寡婦之哭，村村掩耳。則是果由於天地之氣數不能長春而然耶？抑亦由於人功之修行未克盡道而然耶？

由前之說，則天之有春，無古今之殊，而氣數之豐嗇，非所論也。由後之說，則實是在上者，反求之處。愚請因執事已發之端而試陳其一得可乎？

於乎! 不偏、不倚之謂中，無所乖戾之謂和。中也者，天下之大本也；和也者，天下之達道也。推而極之，則天地得其所矣，萬物遂其生矣。蓋其不偏、不倚也，故建其有極而有斂福錫民之休；無所乖戾也，故大和充滿而無邪氣或干之患。此自然之理而必至之勢也。爲人君者苟能致中和，則天地之大將自位矣，安有災沴之氣，復犯於春和之日乎？萬物之衆將自育矣，安有饑饉之患，復生於陽春之域乎？

夫天人相與之際，甚可畏也。人君一念之善而景星、卿雲，一念之惡而飄風、驟雨，則其影響之速，桴鼓之捷，蓋有不可誣者。而況建中和之德，贊天地之化育，而與天地相參，則諸福之物，可致之祥，莫不畢至，而春耕秋斂，舉皆循循然收其功而樂其業矣。復何憂乎時候愆農功歟，民有未逢春之歎，俗無咸與春之休乎？

所以方春而未春者，以其中和之未推也；所以既春而不春者，由其中和之不極也。此在在上者所以行之之如何耳，豈可舍是而他求耶？四海之春，陶鑄乎胸中之春；萬物之春，經綸乎心上之春。發號施令則風雷之鼓舞也，布德行仁則雨露之潤澤也。

動靜云爲，自無過不及之差而純然一出乎中和，則三元順軌而棲玉燭於玄都，六氣調序而溢金膏於紫洞，四海之內，無一物而不春，一年之間，無一日而非春，豈復有恒若之咎、極無之凶乎？

雖以明問中所及者言之，太史之先三日而謁之者，欲中和之致也；嵎夷之賓出日而平秩者，乃中和之致也。木鐸徇路，非致中和之美政乎？省耕議貸，非致中和之餘惠乎？

舞雩之對，藹有致中和之意，而徒得夫子之與；春風之象，能得致中和之道，而未贊當時之治。由是觀之，則天下之春不春，皆人君致中和與否，有以致之也。故曰"天地之位本於致中，萬物之育本於致和"，子朱子豈欺我哉？

誠願上之人，留心於致中和之道，以至於天地之自位；盡力於致中和之本，以至於萬物之自育。則凡天地之間，兆民品物，飛潛動植，舉自在於一春太和之中矣。

不待東皇之按節而後爲春也，將見天候之愆者轉而爲調，年穀之歉者化而爲稔，歲登穰穰，民樂皥皥，凡厥鰥寡孤獨、疲癃殘疾，顛連而無告者，莫不如草木群生之遇陽春而得意也。如此而時候猶未免愆和，年事猶未免告歉者，愚未之聞也。

然則執事所謂"挽回三五，囿吾民於春臺壽域之中，街有含哺之樂，野無阻飢之苦"者，愚恐不外是矣。

請以餘臆賡于篇尾。愚既以"致中和"三字符爲捄弊之第一義。而抑其次則又在乎宰相之得人。夫宰相者，君之股肱也，苟非其人，則君雖欲致中和，不可得已。如股肱之不仁而動作之不得其便也。燮理陰陽之責在是，寅亮天地之功在是，人君致中和之德，實職此而成也。

乃或有九重之憂勤徒切，而壅蔽聰明者屯其膏焉；萬姓之愁歎方甚，而倉廩府庫者享其樂焉，顛連殿屎，旴旴胥讒。使流離仳儷之徒，保抱攜持以哀籲天，則人主致中和之化，何由而成乎？

愚更願我后先以致中和爲大經、大法，次則旁求霖雨、舟楫之輔，以爲布德行惠之本，則今之天古之天也，今之春古之春也，何患乎天地之不位，萬物之不育，而世之不古若也？執事誠以此入告，舉而措之，則愚於是日請撰萬物同春頌。謹對。

一中

問: 邵子詩曰:"天向一中分造化。"一者, 不過數之始, 而乃為造化之所由分者何歟?

伏羲設卦, 萬化攸始, 而分畫陽爻陰爻; 天地定位, 萬物肇生, 而亦且兩對各立。 若是者, 安在乎造化之分於一乎?

《河圖》之數, 以一而耦六;《洛書》之數, 以一而對九。此實為表裏之書、造化之原, 而有此不同者何歟?

大衍之數起於中五; 律呂之本始於黃鍾, 是皆關於造化之妙, 而似若不本於一者何歟?

"一陽初動, 可見天地之心"者, 是果何義?"一索始交, 方為生物之初"者, 是果何理?

論天地之運, 而歸之四破者有之; 溯萬物之本, 而推之五殊者有之。 是果何所本而若是其參差不一歟?

《南華》寓言, 齊萬吹於一竅;《玄妙》著書, 喻眾妙於一輻。 是雖為異端之學, 而亦有得於造化之本歟?

子莫之執一無權, 適足以病斯道, 則吾儒之主一無適, 亦不能有施為歟?

《中庸》之達道、達德, 所以行者一也;《通書》之靜虛、動直, 所為要者也。 則亦可見造化之分於一中歟?

勛、華相授, 乃是惟精惟一; 孔、曾相傳, 只是吾道一貫。 莘摯訓王, 申申於一德; 周王誓眾, 切切乎一心。 一致百慮,《易繫》攸載; 萬殊一本, 先儒有說。 圖成《太極》, 闡至理於一圈；銘垂《訂頑》，明大本於一理。**揚休先生**挹和氣於一團，**蠶絲夫子**收奇功於一原。是皆終古爲學爲治之大旨，而都不外於"一"字，則其於造化之妙，亦有相發者歟？

大抵云云。【丙申九月初四日，增廣對舉別試。初試一所。試官<u>李湉</u>。入格。】

對：一之一字，書之則不過一橫筆而已，數之則不過一屈指而已。其爲義也可謂至簡，其爲數也可謂至略，而從古以來，莫有加焉者何哉？

噫！莫大於天，而天以一、大爲字；莫尊於君，而君以一、人爲言。非一、大，則不可以謂天矣；非一、人，則不可以稱君矣。是知一者無對之稱，而天下萬事，罔不從是一中出來者也。

世之人惟不知一之義也，故厭簡而從煩，惡略而好多，舍却自家一副當光明寶藏，奔走向亡羊之歧，拾取無數瓦礫而有自多之色，斯其可哀也已。嗟乎！夫孰能覺其一之可貴而反以求之於一耶？

夫數之爲數也，自一而二，自二而三，以至於十而百千萬億，不可勝數。今若自其數之多少而言，則寡固不可以敵衆，而自其理之本末而言，則一者，天地之本而萬事之始也。苟無一以基之，則自二以上何從而生乎？然則彼天下許多物件、許多事業，皆一之所爲也。此吾夫子所以特揭"天、一"二字於十翼而詔天下後世者也。彼<u>老氏</u>之以天之清、地之寧、侯王之貞，都歸之於得一者，又何足沾沾也？

雖然，一固本矣，而苟或只守其一，不思其殊，則亦終必至於有體無用之歸，而畢竟并與其所謂一者，亡之矣，烏足貴乎？必也先知其本之一以爲萬事之基，後審其事之萬以爲一本之用，然後始可謂眞知一者矣。若是乎一字之至簡至略而能爲至煩至多之根也。

愚也每感一之爲字而欲與當世君子一論之矣。今執事首以一之一字爲問，其敢不一言而退乎？

竊謂天分造化乃向一中。蓋單數之謂一，全體之謂一，爲數之始而天地焉由此而立，爲物之本而造化焉從此而出。天之所以爲天者，在乎分造化；而造化之所由分者，不過乎向一中。則此康節所以爲此詩而曉後人者也。

是以見其一而可知其造化之本，觀其一而足識其天地之理。語其數，則不過爲十百之始，而天之所向者，必在於是。論其義，則只是這全體之象，而化之所以出者，亦在乎斯。萬物之所由資而以其理之不二也，故以之分造化焉；萬事之所由出而以其數之爲始也，故以之本天地焉。若是乎天分造化之向一中，而邵子之意夫豈偶然哉？

雖然，徒知一之爲造化之本，而不知其所以本之理；徒知一之爲天地之始，而不知其所以始之理，則是可謂知一乎哉？然則知其所以之道何在，在乎格致而已。

請演明問，臚列以陳。<u>伏羲</u>始畫，其卦有八，則實為萬化之始而分陰陽之爻；乾坤成列，兩儀定位，則斯肇萬物之生而有兩對之體。執事果有疑於此乎？

噫！兩爻之分，實基於一畫，各立之形，固始於一理，則謂之造化之不分於一可乎。龍馬負圖而其數則以一耦六，神龜載書而厥數則以一對九。執事果有疑於是乎？

噫！先後天之位排差異，而厥理則未嘗不同，闡化原於邃古，相表裏於前後，則謂非造化之分一可乎？

大衍之數五十而起於中五，律呂之數十二而始於黃鍾，是皆一出於造化之妙。而反若不本於一者何哉？亦豈非中五之數其本則一也？冬至之律其陽則一也耶？

地雷之一陽初動，可見天地之心者，以其生生之大德也；重震之一索始交，方為生物之初者，以其造化之初發也。

論天地之運而歸之於四破者，四象之說，有為之者矣；溯萬物之本而推之以五殊者，五行之理，有闡之者矣。至於元會運世之論，五行分屬之說，苟求其本，莫非一理，又何必疑乎參差而不一也？

<u>漆園</u>傲吏齊萬吹於衆木之竅，青牛<u>老子</u>喻衆妙於三十之輻。是雖各自謂有得於造化，而要之非吾儒之所說，則愚何必娓娓也？

<u>子莫</u>之執一，自以為中，而無權之譏，難免一偏。吾儒之主一無適，乃是敬字之工夫也，烏可以彼執一而

策　133

疑此之主一乎？

《中庸》之達道、達德，所以行之者一也；《通書》之靜虛、動直，所以爲要者一也。子思之垂訓，濂溪之揭論，豈非覷得造化之一者耶？

唐、虞授受，乃是惟精惟一之心法，曾子一唯，不過吾道一貫之一語。則是豈非聖學之極工耶？

“咸有一德”，申申於訓王，則可見伊尹之啓沃也；“三千一心”，惓惓於誓士，則足想武王之弔伐也。

“同歸殊塗，一致百慮”則《易繫》之攸載，何如也？“理一分殊，萬殊一本”則先儒之著說，何如也？

《太極》圖成，一圈之至理是闡；《訂頑》銘垂，一理之大本克明，周子之牖後學，橫渠之闡斯道，吾無間然。

揚休山立之容，挹和氣於一團，蠶絲牛毛之學，收奇功於一原，程子之儼然泥塑，朱子之刊落枝葉，俱爲後人之景仰。

而凡此終古爲學爲治之大旨，都不外乎一字，則豈不可爲發造化之妙耶？

大抵一者，純一不雜，渾全無貳，只是此理之本體，始於形上形下之前，通乎亙古亙今之久。語其大，括萬善而不遺；語其微，則入無形而莫破。以其在於人心者而言之，則未發之時，渾然而在中；已發之後，精粹而無雜。

此一之所以爲萬化之原、萬事之榦，歷千聖所不易，通百王所不離。堯‧舜、文‧武，得此一而爲治者也：孔·孟、程·朱，傳此一而爲道者也。有是哉一之爲萬物之本而吾道之宗也！

夫何聖遠言湮，俗壞風衰，斯學不明，斯道不行，一理之體漸晦，一字之旨莫傳，世之爲治而爲學者，歧千塗而分百轍，以言乎治象，則漸就乎乖裂之境；以言乎學術，則日趨乎零瑣之域？蓋自三代以後，上下數千百年之間，泯泯棼棼，一任其壞弄穿破，更不知以一爲體，以爲修己治人之方，識者之憂歎，庸有其極乎？宜執事惕然思所以救正而降問於韋布之士也。

於乎！如愚者學未貫天人之一理，識未透萬化之一原，尚何以論一中之義，明邵子之訓也哉？雖然，亦嘗於玩賾之際，有所經綸於心上者矣。

噫！《大學》之序，固以格物、致知爲先，而至於推原萬化之一本，溯探天地之一初，則舍格致何以哉？天地之理其本則一，而惟格致然後盡之；萬物之妙其始則一，而能格致然後極之。

蓋窮格事物之理，至於極處無不到；推極吾心之知，至於所知無不盡，則復安有不知其一之理乎？苟非格致，則一物之微，尚不能知其所以然，而況於一乎？一事之細，猶未能識其所由然，而況於一乎？欲求其所以本之理而不以格致，則是猶汩其源而求其流之清也，蹷其根而求其枝之茂也，烏可乎哉？

誠願世之爲治爲學者，必以格致爲本，一事之理，必求格之，一心之知，必思推之，使其極處無不到，所知無不盡，而吾之心自與理合。則天之分造化，吾之起經綸，舉將無所知而不盡，不期然而自然矣，豈不休哉？

然則執事所謂"倡明絶學，克闡正理，以之澄本原而一道德，無混淆雜亂之形，有純粹渾全之美，以闡一中之造化，以起心上之經綸"者，愚恐不外是矣。

篇已尾矣，請畢其愚。愚既以格、致爲捄弊之第一義，而其所以興之之道，又在乎人主之導率。蓋君者，臣之表也；上者，下之準也。上有好而下有甚，風之行而草之偃，天地之常經，古今之通義也。爲人主者苟能先盡格、致、誠、正之工，以爲表準導率之方，則治、平之效旣極，影響之應斯捷，夫孰有昧於格、致之學而惑於一原之理也哉？

愚故曰："闡一中之造化，起心上之經綸，固在乎格致，而其本則必在乎導率。"執事以爲如何？謹對。

試士

問：試士，所以求才也，非設科，則無以考其實而得其才也。唐、虞之際，有"敷奏以言"之訓；姬周之時，有"冬夏《詩》、《書》"之教。其所取人，亦以課試歟？

漢有賢良方正之舉而又爲之臨軒親策，唐有不求聞達之薦而必使之入場較藝。何歟？

平生志不在溫飽，三場壯元者，誰歟？好驪馬不入隊行，不由科第者，誰歟？

唱第時日下五雲，誰膺其祥？而吾榜中得人最多者，皆可歷指歟？

文山之萬言策，夏竦之三千字，其有優劣、邪正之可言歟？

涑水之簪一花，龍川之鬢髮蒼，亦有志操、抱負之可分歟？

三世探花，果是誰家；而五老同榜，亦在何代歟？

賺得英雄盡白頭，唐宗之長策，而反致黃巢之僭逆；嘉祐多士歐陽功，宋朝之盛際，而乃有張元之叛走。何歟？

劉蕡之策未免下第，蘇轍之文乃得中選。同是直言，而或第或不第者何歟？

羅隱之屢舉，而終致無成；唐皇之讀書，而末乃高占。同是蹉跎，而或遇或不遇者何歟？

大抵云云。【丁酉正宗卽位，增廣初試。二月二十四日。二所入格。試官李命植。】

對：舉業壞了許多好人。則顧今之世，誰是三分舉業，七分學問者耶？噫！爲士者，如欲長往山林，獨善其身則已，不然則舍科目，無以展其蘊矣。爲君者，如欲獨運萬機，不須輔翼則已，不然則舍科目，無以成其治矣。若是乎科試之不可以已，而科試又是壞人之途，則其將何所適從耶？

夫天下本多好人，設科試士，所以求好人。而今反以壞之，則無惑乎三代以後，更無三代以前之治也。

嗟乎！此世科試之世也，豈惟三分舉業、七分學問者之不可得？雖七分舉業、三分學問之人，亦難見焉。則挈一世而日趨於舉業，已足以寒志士之心，又況十分舉業者之亦難得乎？是皆汩沒於利欲之場，計較乎得失之域，專以決科媒榮爲一片準的。而甚至於擔閣舉業，僥倖占取，不顧傍人之嗤點，只圖一己之揚顯，便自揚眉吐氣，以爲"笑罵從他笑罵，好科我自得之"云爾。則其決不爲盛世之氣象也明矣。

雖然，是豈科試之罪哉？亦在乎所以導之之如何耳。夫苟得其導，則濟濟之風，將自然於鳶飛魚躍之中矣，雖以後世之科目而取之，不害爲三代賓興之盛。苟不得其導，則彼爲士者之所以自待者，不過科曰中槐黃之忙而已，雖舉此科而盡廢之，亦無益於興起作成之化也。科目之於人，果何與乎？

今或曰"後世之人才，不如三代之人才，職由於有科之不如無科"，則不通之論也。雖然，爲士者雖不得不以科目爲致澤之階，而亦不當以下等人自處而自壞其好箇禀賦也。斯又不可以一概論之也。

愚也志是說稔矣。今執事執策而臨之曰："天下無良才。"嗚呼！其眞無才耶？其眞不知才也耶？愚亦今日之科士也，執柯伐柯，其則不遠，請以科對科可乎？

竊謂：設科試士，以求人才。蓋欲選其士而必設科焉，欲擢其才而必試藝焉。非科則無以知其才否，故以此而掄之；非試則無以識其眞假，故以是而辨之。于以考其所蘊之如何，而拔之於衆人之中；于以審其所學之能否，而擧之於多士之叢。則此所以求才之必以試士也。

是以從古求人才者，率皆循科試之法，靡不用選擢之規，以其可以考其實也，則不可以不設科也；以其可以得其才也，則不可以不試士也。

荊圍白戰，把作蒐俊之羅；續食計偕，設爲招賢之梯。集群英而拔其尤，則國家之楨榦，皆此科之所取也；較衆才而無所逃，則士類之山斗，摠是科之攸進也。有是哉，設科試士，考其實而得其才也！

雖然，徒知試士之可以求才，而不知其所以求之道；徒知設科之可以考實，而不知其所以考之術，則烏乎其可也？然則識其所以之道安在，在乎公與明而已。

請沿明問，仰敷管見。唐、虞之際，有"敷奏以言"之訓，而亦有"明試以功"之規；姬周之時，有"冬夏《詩》、《書》"之敎，而亦有"三物鄕擧"之法。其所取人，雖異後世之所謂課試，而其試擧之術，實爲課試之權輿也。

建元天子首降擧賢良之詔，而又爲之臨軒而親策；壽州屬縣旣有隱行義之薦，而必使之入場而較藝。斯其選擧之公明，課試之精審兩得其道。故能得如廣川天人之學、安豐無儔之人，則豈非後世之所當法者乎？

壯元三場，志不在於溫飽者，王公之偉度也；不由科第，隊不入於驢馬者，李相之高致也。是豈可以科場中人容易待之乎？

殿前第二名之唱訖，而日下五雲便奏其祥；榜中四五人之魁偉，而得人最多自詫其盛。韓琦登第豈無其應？張詠歷數可謂信然。

文山之萬言策，已登於酉時赴宴之前；夏竦之三千字，獨對於丹墀斜日之下。其藻思之敏速，俱可謂絕代。而文則大節炳然，至今傳誦；夏則自歸小人，莫記其文。優劣、邪正，不難辨矣。

不違君賜簪一花，溫公清儉之德也；勿謂儒臣鬢髮蒼，同甫豪健之句也。志操之堅貞，抱負之奇卓，亦可以觀之矣。

三世探花，有若李宗諤之流；五老同榜，有若梁灝之徒。而其科名之盛且奇，宜爲後世之所艷傳也。

賺得英雄盡白頭，太宗皇帝之長策，而黃巢僭逆起於末葉；一變文風嘉祐世，歐陽永叔之美功，而張元叛走在於其後。是皆一時之戾氣，何疑科試之攸致？

劉蕡下第，我輩厚顏，則終不敢取實，由考官之畏首尾。而善乎宋仁宗之言曰：＂以直召之，以直棄之，天下其謂我何？＂此則子由之幸遇明君也。

至若羅隱無成，而唐皇能占，則一遇、一窮，蓋緣命途之不相同也。自古直言之被黜，何獨劉也？高才之終窮，不特羅矣。志士尚論，安得不撫掌而悲歎乎？

大抵科試之法，爲其文章、議論之可以選擇乎眞才也。文章者，華國之具也；議論者，經世之需也。是故欲觀其文章，則必以詞賦而試之；欲觀其議論，則必以論策而選之。揀其贍麗而退其浮淺，擢其宏博而棄其拙陋，以爲他日華國經世之資。

此實古今不易之定規，才彥俱收之大關，則科試之於求才，可謂美方要道也。無課試則已，有則必無遺才之慮；無才具則已，有則宜無落第之歎。其爲法也豈不信美而且重乎？

於休我朝莫罄名言，取士之方專用科第。而其制度之美，規模之嚴，度越前古，旣有明經之法，又有製述之規。歷朝以來名臣、碩輔，率皆由是而進，羽儀明廷，或闡明乎道學，或展布乎經綸，言議之直截者有之，政迹之循良者有之。凡所以贊皇猷而經邦謨者，苟究其本，要皆不出於科目中人。則論其得人之效，於斯爲盛。猗歟休哉！

是宜永久遵守，無一弊端，名儒、碩士輩出需時。而獨奈何挽近以來，所謂科場之所取，未聞濟濟之譽，每致嘵嘵之說。雖以其見於文章發之議論者觀之，全沒典雅淹博之態，不出粗俗淺陋之見。要以決科於一時爲能事，而不復知有所謂文章議論，委靡頹墮日甚一日。

至於窮經而應擧者，秖是尋數行墨，帖括字句而已，若夫義理經綸，則置之相忘之域。是故雁塔題名，未必有才之人；清灞銜淚，亦非無文之客。則其取舍之顛倒，俗習之乖謬，已無可言，當初設科取士之意，果安在哉？

若是而欲望賢士之彙征，逸才之甄拔，俾爲華國經世之需，則是猶却步而求前，豈不夏夏乎難哉？宜執事當科試之任，惕然反顧，思所以捄正而降問於韋布也。

於乎！愚亦科場中人耳，不幾於同浴而譏裸乎？雖然，亦嘗有檃括于中者。夫科場之士，徒能尋摘，不思其本者，固不爲無過。而顧其任試事而摠多士，其責不亦在於有司乎？夫無患有司之不公不明，此固爲士者之所自勉處，而爲有司者苟不思至公至明之道，則其取舍之失當，誠自然之勢也。可不懼哉？

蓋公者，無私之稱也；明者，能察之謂也。公則無私心之干於其間，而考試之際，無有彼此之愛憎，故其心專於考試之精審。明則無昏暗之蔽於其前，而鑑別之時，無有工拙之眩亂，故其心一於鑑別之昭透。

旣無循私之弊，又無失才之患，則尙何憂於人才之不得，人言之不免哉？惟其一私字、一暗字，爲千百病之根祟也。故雖間有人才之或得，而大本旣壞，隨處生疣。彼爲士者，亦無自重自愛之心，甘爲隨世隨變之歸。旣不自信，詎無疑人？

以此之故，懷才而決科者，混被指點，無文而下第者，不肯屈服，波蕩陵夷，靡所止戾。是皆由於有司之不公不明，有以致之耳。

夫公明，固萬事之第一箇妙訣，而在科試尤爲無上上丹。欲科試之得人，而不以公明，是猶汩其源，而求其流之清；蹷其根，而欲其枝之茂也。愚未見其可也。

誠願世之主科試者，必以公而爲心，必以明而爲務，譬如衡平而物無所違其輕重，鑑空而物無所逃其妍媸。則取舍得宜，人情允叶，士皆勅礪而自修，才無沈滯而不顯。科試之所得，將見人懷瑾瑜，國得柱石，眞有三代明試鄉舉之美矣。

然則執事所謂"丕變弊風，克闡美制，考試精當，才彥興起，野無遺才之歎，朝有得人之效"者，愚恐不外是矣。

篇已圓矣，請畢其愚。愚旣以公明二字爲捄弊之第一義。而有司之公明，又在乎人主之導率。夫上者，下之則也；君者，臣之標也。爲人主者，苟能先恢公明之道、克祛私暗之蔽，則好於上而甚於下，風之尙而草之偃，蓋有不期然而然者矣。有司雖欲不務其公明，烏可得乎？

三代之所以野無遺珠，朝無濫竽者無他。上自君上，下至有司，莫不至公而至明，先有以得其培養作興之術，故其效至於如此。後世之欲因科試而得人才者，曷不知所本哉？

愚之見不過如是，執事以爲如何？謹對。

文房四友

問: 筆墨紙硯, 謂之文房四友, 其爲友之義, 可得聞歟?

對: 友也者, 友其德也。 苟德可以資益於我而心相許焉, 則斯友之矣, 何必人而後友之也哉?

古之人有行之者, 如元漫郎非無丐者之友, 而別有三箇之友。 鄕無君子, 則與雲、山友; 里無君子, 則與松、栢友; 坐無君子, 則與琴、酒友。 此友於物而友其志槪也。

文與可非無園林之友, 而別有三益之友。 寒而秀者, 友於梅; 瘦而壽者, 友於竹; 醜而文[6]者, 友於石。 此友於物而友其氣味也。

李建勳非無竹軒之友, 而別有四者之友。 琴爲嶧陽之友, 磬爲泗濱之友, 《南華》爲心友, 竹榻爲夢友。 此友於物而友其閒情也。

是皆高出世外, 遺落人間, 而優游於汗漫之域者也。 而究其實, 則不過寄空名於寥廓, 託虛影於韻致, 尙詭而鬪奇, 詫高而誇幽而已。 曷嘗有麗澤之講, 盍簪之歡, 磨不磷而涅不緇, 發乎此而應乎彼者哉?

---

6 醜而文 : 저본에는 '醜而久'로 되어 있으나, 《학림옥로(鶴林玉露)》를 근거로 바로잡았다.

乃若愚所謂友於物者，則有四焉。不離於文房之中，長對於晝夜之間，德可以相益，心可以相許，所謂文章之材而儒士者流也。

切於日用而無待於外，合於時需而互爲其資，從心意而莫逆，吐肝膽而相照。須臾之間，未嘗或去；手目之際，曾不暫忘，以類相從，缺一不可。磨礱拂拭，沈潛薰染，游於掌握之中而善述旨意，悉於事物之情而能盡模寫。傳千里之忞忞而惟四友是須，歷萬古之飫飫而惟四友是賴。

忠言至論，展盡胸中之底蘊；聖經賢傳，覈得卷裏之同異。朝廷之上、廊廟之中，誥命訏謨，非此不成；邊塞之外、帳幕之間，飛檄奏捷，非斯莫能。

大而臨篆籀，小而註蟲魚，以至於縮蛇蚓，覓禽李，莫不由是而資是。則其爲友也孰有可以比竝者哉？

若晴窗淨几，圭璧爛熳，輪蹄絶塵，房櫳闃靜，則於是乎四友者聯翩而前。秋月春花，登山臨水，童子携壺，萬景鼓興，則於是乎四友者雜沓而進。

龍尾、棗核，蟠結乎長虹，翠餅、麥光，吐成乎瑞霧。則雖在近世交道之喪，而青松之顏色不落；雖於薄俗末路之難，而芝蘭之香臭靡歇。

是知友有輔益之功，而其所以輔益者，靡不賴是友焉；友有切偲之義，而其所以切偲者，亦皆以斯友焉。親之而無狎昵之譏，交之而無飜覆之患。

商山之園、黃、綺、角，四則四矣，而視此友則不

及；樂天之滿、楚、夢、明，四則四矣，而比玆友則不
若。彼漫郎之友志概，與可之友氣味，建勳之友閒情，
落於浮虛高遠之一偏者，又豈可同日而語哉？

雖然，其所以爲友者，亦在乎友之之如何耳。蓋自
粟雨、鬼哭之後，上自帝王，下至匹庶，孰不友此四
友？而賢者友之，則資之有益，施之斯普，補功乎造
化，宣朗乎人文，豈不誠良朋美友？而使不肖輩友之，
則煮泥續尾，巧辭之是飾，孃妍張李，邪情之是文。違
於事理者，以此而幻之；發於邪曲者，憑是而舞之，至
使黑白失其本色，賢邪變其實狀。則是四友者，適足爲
一時奸蠹之用而啓千古無限之弊矣。

然則其可友者歟？其不可友者歟？其或如百里之
愚於虞而智於秦，裴矩之佞於隋而忠於唐歟？愚嘗以
是說，欲一就當世之嚴師畏友，講劚切磋者稔矣。禮圍
奉策，明問及之。今日從我者四友也。執柯伐柯，其則
不遠，敢不以愚之四友，對執事四友之問乎？

竊謂：以文會友，厥類有四。蓋墨磨於硯，筆寫於
紙，出處必偕，用舍必俱。雖顚沛造次之間，而無有一
友之相離；雖古今前後之異，而必待四者之相隨，從心
所欲，相資爲用，則信乎紙、硯、筆、墨之爲文房四友
也。

是以在五去一而結爲石交，滿十除六而合若膠漆。
無紙薄之態，無毫末之嫌，或拔毛而利天下，或摩頂而
兼愛衆，或虛中容受，研磨乎道義；或素質淡性，包羅

乎經綸。相親相近，偕行偕藏，少一不得，益三其道。則其為友之義，倘如何哉？

於乎！是四友者，無異於古今，無間於彼此。而古之友之者，賴是友而能致文章之炳煥；今之友之者，由是友而日見體格之卑濁。以至君子友之，則其用也正大光明；小人友之，則其用也陰邪回譎。用之善不善，在人而已，其在四友乎？故柳誠懸曰"心正則筆正"，斯言也信矣。謹沿問目，臚列以陳。

我觀於曾子之訓矣，"君子以友輔仁"；我聞於孟氏之言矣，"責善朋友之道"。噫！君子所以明夫"心之德、愛之理"者，莫不用是而發揮，則四友之輔仁，詎不信然？朋友所以相與規其非而陳其難者，莫不由是而消詳，則四友之責善，有如是夫！

文王疏附奔奏之後，又有孔子之疏附奔奏；文王先後禦侮之後，又有孔子之先後禦侮。噫！率下親上，諭德宣譽，相道前後，武臣折衝，則文王所以成周業者，賴此四友也。門人加親，遠方士至，前輝後光，惡言不入，則孔子所以輔聖德者，有是四友也。

若以四友之同其稱而疑於同異，則此四友不過文章之貨而記述之器也。安可比而同之於成周業、輔聖德之四友也哉？

陶泓、楮白、毛穎、陳玄，皆以其同與友善，同其出處，而錫之以嘉名，稱之以美號，則是四者有相益之道，而無相損之義。其間若有益者、損者，則不得竝列於四友之稱, 而無相須爲用之道矣。執事何疑於是乎?

"數斯疏矣", 言氏子戒朋友之言也, 惟此四友非如言氏所謂朋友。而"一向好着, 亦自喪志", 明道[7]之格說, 則四友之不可數, 非爲其親疏也。"久而敬之", 晏平仲善與交之道也, 至於四友, 異於平仲所與善交。而"書時甚敬, 非要字好", 明道之學工, 則四友之必可敬, 無關於久近也。

風字晶熒, 揚休淸淨, 而一日三洗, 則吾知王逸少好潔之性也。金井凝塵, 旗影不動, 而十日不滌, 則吾知呂申公凝澹之德也。其於硯乎, 豈有親疏之別乎?

藩墻置筆, 遇句便疏者, 訪岷邛[8]之傖父也; 發歎投筆, 有志立功者, 飛食肉之虎侯也。

噫! 十年構思, 惟恐不博, 則遍置筆硯, 備其或忘也。厭事毛錐, 欲萬里侯, 則棄却研吮, 信大丈夫也。其於筆乎, 豈有愛憎之殊乎?

雁頭百幅, 助取高價而致士夫懷金, 則羅隱之於葚鳳, 不免市道之交也。婺州萬張, 秩滿餞歸而受一百却之, 則杜暹之於州吏, 可謂淡水之契矣。其於友之道, 非所論於厚薄也。

千金獺髓, 一螺點漆, 非佳不書, 則褚遂良謹其所與之道也。阮生之愚, 昌言之癖, 抄奪滿堂, 則李公擇

---

7 明道: 저본에는 '伊川'으로 되어 있으나,《소학(小學)》〈가언(嘉言)〉에 근거하여 바로잡았다.

8 岷邛: 저본에는 '岷功'으로 되어 있으나, 전사과정의 오류로 보아 바로잡았다.

清濁無失之義也。

噫！却清烟於千夜而待佳品供揮灑，則虞伯施所謂不如詢者，良以是矣；幾兩屐於一生而餅未罄纍先恥，則蘇子瞻所謂墨磨人者，其戒切矣。

擇交與否，不必多辨。青縷管筆，陸倕之夢賚於紀少瑜而助文思之日進也；黃石彈丸，陶縠之不還於李後主而碎靑池之跳魚也。叱如蠅之道士，自稱御墨之精，則龍香錫名，吾知其潞州別駕也。

寄十樣之蠻牋，添修五鳳之手，則以詩贈弟，吾知其繩樞韓生也。

論三友之壽夭，證銳鈍、動靜之所由，而獨不及於紙者，豈不以紙之成毀，本無必定之期限耶？悲剡藤之斬伐，謂綺文妄言之攸致，則雖不言三友，而舉一反三，厥理同符。

子西之銘，元輿之文，俱可推類而見，豈可以此有疑於處交之各有淺深也哉？

殿策

治亂興亡係於君子、小人消長之際

王若曰：世之治亂，國之興亡，係於君子小人消長之際。自古人君，孰不欲進君子，退小人？而君子常難進而易退，小人常易入而難去者何歟？

臣對：臣竊嘗以爲三代以後，君子小人之目，特後世之定論耳，非當時之言也。誠使不待於後世而可辨於當時，則何亡國敗家之有？是故從古人君，見前世之有君子，則未嘗不慨然想慕，有不同時之恨，而當時之爲其君者，有見而不能知，知而不能用，用而不能盡，又從而擯害之者，則必爲之嗟惜咄歎而不能自已。

見前世之有小人，則又未嘗不奮然疾惡，有誅既骨之意，而當時之爲其主者，有見而不能知，知而不能去，去而不能遠，又從而寵任之者，則必爲之歎息痛恨而不能自已。

此無他。由百世而等百世，君子有所以爲君子之事，小人有所以爲小人之事。其已然之迹，昭然難逃於指按之間，不翅若白黑、妍媸之不待離婁而後辨。而其好惡之心，又皆一出於至公無私，故其所以好惡之者，蓋不待明聖之君而後能也。

然而後世之定論易循，而當時之取舍難審。何代無君子？而君子常不免不遇之歎。何世無小人？而小人恒無非得意之日。則前世之不能用不能去而爲後世之所嗟惜痛恨者，亦未必不明於尚論。而顧其所進者固未嘗不以爲君子，所退者又未嘗不以爲小人也。惟其所謂君子者非君子，而所謂小人者非小人耳。豈其本心薄君子而厚小人哉？

蓋君子初未嘗有君子之號，而惟明主然後能君子之；小人初未嘗有小人之名，而惟仁人然後能小人之。苟使在上者徒知其所已然，而不究其所由然，遽以一己之私，乃欲區區辨別於其間，則君子自以爲君子而指小人爲小人，小人亦自以爲君子而指君子爲小人。本是至易眩、極難辨之事，而又況君子之論常齟齬而難合，小人之言常甘悅而易入，則無惑乎鑑前世者，又不免爲後人之鑑，而亂世亡國相望於史，長作千古無窮之恨也。

噫！親賢臣，遠小人；親小人，遠賢臣，諸葛亮以爲“前、後漢興隆傾頹之驗”，而後主不能用，故卒以黃皓、陳祗而亡其國。親賢士大夫時多，親宦官宮妾時少，程叔子以爲“涵養氣質、薰陶德性之方”，而哲宗不能用，故紹聖、元符之禍作。

夫以武侯之見任與夫程子之大賢，其言之明切痛快又如此，而卒不免廢而不用。則君子小人之辨，豈非至難？而其所以親之、遠之之術，又豈非尤難者耶？

惟我殿下以明聖之姿，承熙洽之餘，凡所以察消長之幾，審進退之方者，蓋無所不用其極。則固不患其難於辨別，而今又親策多士，首以君子小人惓惓爲第一義，甚盛舉也。臣雖無似，敢不以漢相、宋賢之餘意，爲殿下一陳之乎？

心

王若曰：心者，一身之主宰，而虛靈不昧，以具衆理而應萬事者也。

臣對：臣竊嘗觀從古聖賢千言萬語，要其歸，則不過一"心"字。而至於集群言而折衷，貫一理而發揮，毫分縷析，一棒一痕，則未有如朱夫子者焉。蓋其所以爲說者，兼擧乎此心之體用始終，備論乎此心之眞妄邪正。其神明不測之妙，存亡出入之幾，瞭然指掌，更無餘蘊，使天下後世之爲學者得有所考而不迷於異途，則其功可謂大矣。

臣請姑擧其一二以證之。其以印爲譬，則曰心地不端正，萬事都差了，如一窠印子刊得不正，着印隨處千箇萬箇，都喎斜了。其以鏡爲喻，則曰人心如一箇鏡，先未有一箇影象，有物事來，方始照見妍醜，若先

有箇影象在裏面，如何照得？至於戒觀理之泛，則有
"大軍遊騎出，太遠無所歸"之語；警應物之馳，則有"仰
面貪看鳥，回頭錯應人"之說。

臣嘗服膺而莊誦，以爲"人者，天地之心；而心者，
又人之所以全此理者。故其所以爲學者，心與理而已
矣"。心雖主乎一身，而其體之虛靈，足以管乎天下之
理；理雖散在萬物，而其用之微妙，實不外乎一人之
心，初不可以內外、精粗而論也。

凡爲天地之心者，猶當存此心而窮此理，不容少須
臾放過。而況於人主之一心乎？惜乎！朱子之言若是
其明白痛快，而宋帝厭聞，卒不免乎亂亡而莫之救也。
噫！治國、平天下之本，惟在乎格、致、誠、正，而此
心既正，則修、齊、治、平，特其次第事耳。

蓋以一人而臨乎萬民之上，以一身而應乎萬幾之
繁，苟非妙衆理而宰萬物，內外昭融，表裏洞徹，而隱
微之間，發見之際，無一毫私意之錯雜，則安能大中至
正，建其有極，而不惑於詖淫邪遁之說、智謀功利之末
也哉？

今我殿下莅九五之寶位，得精一之心法，其於治平
之事，特不過舉而措之，則印既正矣，鏡既空矣。而猶
且進韋布而策之以一心字，大哉言！一哉心！其與宋帝
之厭聞，不可同日而語矣。

臣雖鹵莽，敢不以朱子之說，仰贊其萬一耶？

尊賢禮士

王若曰：從古人君，莫不以尊賢禮士爲致治之本，而鮮有得眞儒而收實效者，其故何歟？

臣對：臣聞天下之事名與實而已，苟能務其實而不事乎名，其於治天下乎何有？噫！一政令、一施爲，猶且不可不以實，而況於得賢士而與共國乎？

欲得賢士而不以尊禮，則固不可以得之矣；欲尊之禮之而不以其實，則亦不可以得之矣。縱曰得之，其所謂得之者，必非眞箇賢、眞箇士也。

蓋世有尊之禮之之名，而尊之禮之之實，遂作先天事。於是乎彼所謂賢士者，亦無其實而有其名。乃欲以賢士之名而干尊禮之實，以尊禮之名而求賢士之實，則此所謂上下相賊也。非特賢士之卒不可得，其流之害，反不如不能尊禮者之猶爲無弊也。

是故尊賢禮士之舉，無世無之；而尊賢禮士之效，歷代寥寥。豈其由三代以降，更無一箇賢士，雖其所以尊禮之者，靡不用極，而無柰於無人可以當此尊禮者耶？

臣又有以決知其不然也。夫"無好人"三字，先儒固已斥之，則世未嘗無其人耳。若夫以人君得賢士共國之誠，苟有以致敬盡禮，友之事之，若鄒夫子所云，則其精神之所格，聲氣之相應，必有潛孚而暗契。

夫所謂"水流濕，火就燥，雲從龍，風從虎"之妙，蓋有所不期然而然者矣。彼賢士者，亦豈欲獨善其身而老死於巖穴之間哉？誠以待其尊之、禮之之實。

而上之所以尊之禮之也，乃反只有其名，殆同葉公之好畫，則此眞所謂欲其入而閉之門也。其所致之者，特不過有其名者而已，吁其可歎也已。

嗚呼！成湯未嘗有尊賢禮士之名，而有尊賢禮士之實，故能得五就之聖；文王未嘗有尊賢禮士之名，而有尊賢禮士之實，故能獲霸王之輔。

向使無其實而只假三聘、共載之名，則斯兩人者，不過莘野耕夫、渭濱釣叟而止耳。又安能興殷、周之業而成殷、周之治耶？

惟我殿下以上聖之姿，懋一初之政。凡於尊賢禮士之道，固無讓於湯、文，則夫焉有不以實之患？而猶且進韋布而惓惓焉以此爲淸問之第一義，是臣愚得言之會也。請得以"名"、"實"二字，對揚休命焉。

召公戒成王

王若曰：召公之戒成王曰："今天其命哲，命吉凶，命歷年，知今我初服。"凡此數者果皆由於一初之政歟？

臣對：臣聞人君亦一天也。天道未嘗不由乎始，則體天而代之者，其可不謹於此乎？是故一年之中，春爲一初，而人君所以發政施仁者，必取法焉。一月之中，朔爲一初，而人君所以頒職布令者，必待是焉。然則初之時義，顧不重且大歟？

肆昔吾夫子之修《春秋》也，深軫一初之機，特揭五始之義，乃以"春王正月"，大書特書，屢書不一書。則一部《春秋》之精神命脉，都不外乎此四字矣。聖人所以托始於二百四十二年天子之事，而爲天下後世爲人君者謹始之戒者，夫豈偶然而已哉？

及夫聖遠言湮，大義漸晦，幅裂於五傳，傅會於秦、漢，更未聞有明得此一統元始之理。則三代以下漢、唐之際，雖或有勵精一心於初服之政者，率不免苟焉而已。而亦未嘗不銳於進而速於退，虎於頭而蛇於尾，畢竟幷與其初政而泯沒矣，茲豈非初不能謹其始而無以本之之致耶？

天運循環，無往不復。至於有宋朱夫子出，而有以上接洙、泗之源，克闡《春秋》之旨。當是時也，雖以司馬公之賢，尚有托始迷先幾之失，則彼歐陽子以下，又何足道也？此《感興詩》所以嗟惜慨嘆，而《綱目》所以繼《春秋》而作。則其所謂《春秋》二三策萬古開群蒙者，正夫子自道也。

今讀之，其托始謹嚴之意，蓋不過明玄聖哀傷之意，而有以繼夫春王正月之筆而已。則庶幾南渡之末運，復爲克復之初政，而奈之何宋帝之不之思也？

臣每痛古聖賢之不得行謹始之道於當時，徒留得
謹始之義於方冊上空言。而環顧今日，神州陸沈，一隅
東方獨猶有講《春秋》之地，則天之所以眷顧而托始者，
其不在斯歟？

惟我殿下當一初之機，念謹始之道，所講討者惟
《春秋》與《綱目》是先，則眞所謂"卓越百王，千載一初"。
而猶且惓惓焉進韋布而策之以初服之義，臣雖鹵莽，敢
不以五始之義，藉手於初見之日乎？

義·利、公·私之分

王若曰：義、利之分，惟在於公、私二字。而人君每患以私
而害公，學者常歎向利而背義，義·利、公·私之辨，若是其
難歟？

臣對：臣竊嘗以爲義·利、公·私之分，言之非難，而知
之爲難；知之非難，而行之爲難。

蓋自義·利、公·私字出，而其美·惡、邪·正之分，
固已判然若丹·漆、朔·南之相反而易辨。則從古人君，
孰不以爲公之可行，私之可祛；而從古學者，亦孰不以
爲義之可由，利之可斥哉？

然而坐談其所當然則甚易，而眞知其所以然則極
難。又況知之，鮮能行之，做時不如說時耶？此所以義

利之說愈多而其所以向背之者愈失其道，公私之界愈明而其所以辨別之者愈迷其歸者也。

嗟夫！言而不能知，則其過止於不思而已；知而不能行，則其過止於不勇而已。苟能思而知之，勇而行之，則其於辨別向背之際，固無難已。

若乃外稱其義而內以濟其爲利之心，陽執其公而陰以售其徇私之意，欲非之則無可舉也，欲辨之則易以眩也。自以爲公也義也，人亦不識其爲私爲利，而推其心術之隱微，究其禍害之發見，則其爲弊也，反不如一箇趨私謀利者之可辨而易攻矣。嗚呼！其可畏也已。

此朱夫子所謂“董生之言直截剖判，反有力於孟子之言”，而以義·利、公·私之說爲吾儒第一義者也。凡天下後世爲治而爲學者，其可不猛省而思所以克復也耶？

嗚呼！此一心也。而人心則惟危，道心則惟微，苟能精之、一之，則危者安，微者著，否則危者愈危，微者愈微。此義·利、公·私之所由分，而差之毫釐，繆以千里者也。其不可以易而言之也亦明矣。

今我殿下得精一之心法，御君師之正位，其於義·利、公·私之際，固已粒剖銖分，將使一世之人舉不迷於辨別向背之間，而猶復欿然若不足，垂清問於韋布之臣而乃以此爲第一義。殿下既得朱子之意矣，臣敢不爲王誦之？

立志

王若曰：人必有立志，然後可以做事，"立志"二字，豈非爲學爲治者之所當先務者乎？

臣對：臣竊嘗以爲天下之事，不在於立志，而在於立志之如何。何者？夫人之做事，必先有志，志之所之，事亦隨焉。彼委靡頹惰，因循姑息者，是乃無志者也，固不足與論於立志。而雖或有志於做事者，苟不能專心致志，一直向去，無少間斷，則其所謂立志者，非眞箇立志。而終必有乍作乍輟、或鼓或罷之患矣，其於做事，不亦遠乎？

今夫射者之志於中也，中道躍如，正己明目，未發之前先已不失正鵠於其志，故能成穿楊、貫蝨之技。行者之志於遠也，跬步向前，不息不怠，未至之前先已不遠千里於其志，故能奏涉險、赴遠之功。志苟立矣，何患事之不做？

嗚呼！爲學者孰不自以爲志於聖人？而苟不眞志於志學之方，則其學無可進之日矣。爲治者孰不自以爲志於唐、虞？而苟不眞志於徯志之休，則其治無可成之時矣。此朱子所以有"孤軍遇勍敵，舍死廝殺去"之喻，而"請待來年"之說，所以見斥於鄒聖也。

雖然，立志之不篤者，其弊不過不能做事而止耳。若乃不志於仁而志於惡，不志於正而志於邪，雞鳴而起，孳孳爲利者，是志於利者也，未同而言，其色板板者，是志於諂者也，甚至於一動一靜，無非奸回之志，一語一默，皆出賊害之志，則立志愈篤而爲害愈毒，立志益遠而流弊益大。斯不亦立志則同，而其所以立志者有不同而然耶？

噫！古人有言曰："宇宙內事乃己分內事。"夫以宇宙內事爲己分內事，則其立志何如？而若不能十分眞正立志，而徒曰"吾所以立志者，志於聖人，志於唐、虞"云爾，則彼宇宙內百千萬事，無一爲吾分內事，而與向所謂"委靡頹惰，因循姑息"者，爛熳同歸矣，豈不惜哉？

臣之講是說久矣。今我殿下爲學則志於聖人，爲治則志於唐、虞。是志旣立，何事不做？而猶且歉然若不足，或恐立志之不固，特以"立志"二字，發爲策士之問目。臣雖顓劣，實感聖意，敢不罄竭素蘊，以對揚休命之萬一？

愼獨

王若曰：君子愼其獨。君子之所愼，必在於幽獨之地者何歟？

臣對：臣竊嘗觀《周禮·天官·冢宰》之職，而有以知古聖人愼獨之義也。何以言之？

夫冢宰之職，是何等重任？而其所領者乃在乎飲食、酒漿、衣服、次舍、器用、財賄與夫宦官、宮妾之政，至隱至微之事，驟看而泛論之，則似若可疑。而朱夫子以爲周公輔導成王，垂法後世，用意最深切處，惓惓爲宋帝言之者，豈無所以然哉？

蓋人主以眇然之身，居深宮之中，其心之邪正，若不可得而窺者，而其符驗之著於外者，常若十目所視、十手所指而不可掩。此古昔聖王所以精之一之，克之復之，雖在幽獨得肆之地，而兢兢業業，如對神明，如臨淵谷，未嘗敢有須臾之怠。然猶恐其隱微之間，或有差失而不自知也。

於是乎不但建師保之官，列諫諍之職，而凡酒人、漿人等日用瑣細之事，無一不繫於冢宰之官，使其左右前後一動一靜無不制以有司之法，而無纖芥之隙、瞬息之頃，得以隱其毫髮之私。

蓋雖深居九重之邃，而凜然常若立乎宗廟之中、朝廷之上。此三代之治，所以自微至著，由內及外，精粹純白，無少瑕翳，而其遺風餘烈，猶可以爲後世法程也。

嗚呼！君子之所愼者，豈但在於獨？而必欲愼於獨者，誠以獨者，人雖不知，而己則知之，迹雖未形，而幾則已動，於此而不致其愼，則將無往而有所愼矣；於此而苟能愼之，則將推是而無不愼矣。呂東萊所謂

"欲無得罪於衆，先無得罪於獨"者，豈非善說出者耶？

雖然，愼之之工，又非獨謂"不改其容，不惰其志"而已也，亦視吾之精一克復而持守此心者如何耳。苟或使外能愼之於言動容止之間，而內未能愼之於心術隱微之地，使夫一私字，得以潛滋暗長於暗室屋漏之際，則其所謂愼者，不幾於內欺心而外欺人乎？是故從古聖賢，莫不以愼獨二字爲聖學之要，使凡學者必由是而用工。學者尚然，而況人主之一心乃爲天下之大本，而幽獨之難愼，又有甚於常人者乎？此周公所以致意於冢宰之職，而朱子所以申複告戒者也。知此則可以知愼獨之義矣。

臣嘗抱茲耿耿，欲一進於燕蠖靜獨之地而未有路耳。大庭奉策，淸問特及於此，此誠臣愚得言之秋也。敢不以平日之所誦者，對揚萬一？

知行

王若曰：學問之道，知與行而已。

臣對：臣竊嘗以道若大路然，知者，知此路者也；行者，行此路者也。臣請先言道路之知行而後及學問之知行可乎？

夫四海九州，人所往來之處，莫不有這箇道路。而有東西南北之異，有遠近、險易之別，蓋千歧萬徑也。
然而人之贏糧而足者，於其所當適之地，旣有定向，則
從某至某一條路，先已瞭然於心界上，然後一步二步，
前進不息，以至於至其所欲至。此由於知之明而行之
勇也。苟或欲行而不知其路，則必有越轅燕軾、落草
陷澤之患矣；知之而不能決行，則必有山高水深半塗
自廢之歎矣。

　　且如適建州者，從南劍州去，此可謂知其路者也，
若向漳州去尋，則烏可謂知乎？適千里者跬步不休，此
可謂行之勇者也，若因循不發，則烏可謂行乎？是故非
知不能以行，而徒知不足以謂知也；非行無所事知，而
妄行不足以謂行也。

　　至於學問之知行，何獨不然？蓋自格、致、誠、
正以至於修、齊、治、平，其次第條理，固自有井井不
紊者，則其下學上達，循序漸進之方，實無異於行遠自
邇、登高自卑之象。而曰知、曰行之義，又有甚於行
道者之自外而言。故學問之道，不出於知行二字，而從
古聖賢教人之千言萬語，亦不外是。苟使能知而能行，
則何患不到聖賢地位也？

　　雖然，知非徒知也，必眞知而後，方可謂知也；行
非徒行也，必力行而後，方可謂行也。非知則不可以
行，而知之不能眞，則其所謂知者，必有以紫爲朱者
矣；非行則不可謂知，而行之不能力，則其所謂行者，
必有進寸退尺者矣。須是眞知如易牙辨淄、澠之味，力

行如夸父逐太陽之光，然後始可有默識體認之功、實踐漸進之效矣。

蓋自其先後而言之，則知爲先而行爲後；自其輕重而言之，則知爲輕而行爲重。分而言之，則知是知底事，行是行底事；合而言之，則知之必欲其行，行之必因其知。自程、朱以來，言之詳矣。

嗚呼！知然後行，而知之者少，尚何望於行乎？行必待知，而行之者鮮，又何責於知乎？非知之難，眞知爲難；非行之難，力行爲難。此所以千載迷塗，未聞有溯洙·泗、探洛·閩者，而冥行摘埴，倀倀乎莫知所之者也。彼道如砥，人皆知而行之，惟此聖人之道若大路，而人自不知不行，可勝歎哉？

臣之講是說雅矣。今我主上殿下聖學天縱，其於眞知力行之方固已臻於極至之域，而猶且惓惓焉拈出二字，詢及於韋布之士，意甚盛也。臣請以所得於平日者，爲殿下試陳之。

人惟求舊

王若曰：《書》曰：“人惟求舊。”王者用人，惟賢是求，而必以舊爲貴，何歟？

臣對：臣竊嘗以爲“人惟求舊”與“惟賢是用”，似異而實同，何者？

王者所以求舊人者，以其賢也。舊而非賢，何事於求？蓋舊則是賢也。然而不曰"人惟求賢"，而必曰"人惟求舊"者，何哉？噫！只曰求賢，則將求其所賢而用之。如其賢而以爲賢也，則不亦善乎？如其不賢而以爲賢也，則不幾於姑將以爲親乎？是故從古人君之用匪人以致扞掉者，其初未嘗不以爲賢，而畢竟至於變了舊章，壞了舊物而後已，此由於不知求舊之義也。

惟彼舊人，夙蘊老成之德，素著世篤之忠，稽謀自天而不可以咈也，俊在厥服而不可以侮也。不待巖穴之旁求，而自有坐廟堂之謨；不煩草野之遍搜，而自無遺簪履之歎。則纔說箇舊字，便已包得賢字之意，而自無用新人底許多病敗。此古昔聖王所以必欲用舊人而爲萬世求賢之法者也。

雖然，不曰用舊而又必曰求舊者，抑有意焉。蓋喬木舊家，固是同休戚之臣；黃髮舊齒，亦是尙猷詢之士，而顧其中亦未必盡賢。故自古謀大事，決大策，蓋有不得不違舊人者焉。此所以特下一求字，以示其用賢之意也。

嗚呼！器非求舊，人惟求舊，則求人之道異於器；衣不厭新，人不厭舊，則取人之術殊於衣。蓋明主用人之法，其任之也如衆器之隨其才，而至於求舊之方，則不可以器而況之也。其好之也如緇衣之又改爲，而至於求舊之規，則不可以衣而喻之也。德可以日新，而人惟其舊；化可以維新，而人惟厭舊。

天下之事久則必新，而惟舊人任之，然後能新其務；四時之運去而益新，而惟舊人理之，然後克新其政。譬如老醫施藥，而溫涼補瀉之法，愈出愈新；宿將用兵，而攻守奇正之略，愈變愈新。苟或舍其故智而付之生手，則鮮有不至於越人之却走，瀕陽之退臥。此所以醫不三世，不服其藥，而中權之寄，必貴於山西之種也。

爲國家者，苟非求舊而擇賢，以賢而用舊，則其氣象功效，亦安能致一新之美耶？然則舊與賢，意雖似異，而其歸則未始不同。王者用人之道，古經詔後之意，夫豈偶然而已哉？

臣每於讀書之際，竊有感於求舊二字之下得含蓄，欲以爲芹曝之獻者，厥惟舊矣。今我主上殿下運鼎新之治，篤任舊之圖，以爲遵舊章、作新民之地，而當大庭策士之日，特以"人惟求舊"四字，發爲問目。臣雖湔劣，實感斯會，請得以平日所講究者，爲殿下一陳之。殿下毋曰："乃言掇拾舊說而無新奇也。"

伏節死義

王若曰：先儒云："伏節死義之臣，當於犯顏敢諫中求之。"犯顏敢諫之所以爲伏節死義者何歟？

臣對：　臣竊嘗以爲伏節死義之臣，　雖在於犯顏敢諫之
中，而犯顏敢諫之士，必不至於伏節死義之境。特人君
使臣之道，視今日犯顏敢諫者，則必以爲他日伏節死義
之士而不當厭斥之耳。

　　蓋犯顏敢諫之士，其志正大，其氣勁烈，所欲忠者
國與主耳，而不自有其一身。故苟當可以言之時，則觸
雷霆而批龍鱗，牽裾折檻，剖心碎首，無所不至。蘇世
長所謂"於臣則狂，於陛下甚忠"者，可謂善形容。

　　而夫既有這等忠節，則一朝雖或値不幸之時，亦能
風霜其操，鐵石其心，嚼齒穿齦，殺身湛族而不自悔。
此固自然之理。而所可歎者，節義之士千載之下，凜然
猶有生氣，而夷考其時，則未知爲何等世界也。是故賢
主在上，　則當平居無事之時，　擇其輕爵祿、不詭隨之
人，是崇是用，而其容直之量，從諫之誠，又能如轉戶
樞，無少礙滯。故朝廷清明，風俗美厚，有足以逆折姦
萌，潛消禍本，自然不至於眞有伏節死義之事。

　　而若乃平日自恃目前之安，便厭逆耳之言，一有諤
諤之人，則擯之竄之，甚至於殺之。而專取一種阿諛順
旨，趨權附勢，重爵祿、輕名義之人，以爲不務矯激而
尊寵之。殊不知綱紀日壞，風俗日偸，非常之禍，潛伏
於冥冥之中，而一朝忽發於意慮之所不及，則向者所用
之流，皆已交臂降叛，而前日擯棄之人與夫遠方下邑人
主不識面目之人，始乃不幸而著其忠義之節。

　　夫當治平之時，則犯顏敢諫之士，自不至於眞爲伏

節死義之舉。而當昏亂之世，則犯顏敢諫之士，先已不容於朝，而伏節死義之人，乃是不任諫諍之職者。則此臣所謂犯顏敢諫之士，必不至於伏節死義之境者也。

嗚呼！周昌以漢高爲桀、紂，而漢高容之，故能成四百之業而周昌亦免於伏節死義之科；劉毅以晉武爲桓、靈，而晉武受之，故克享三百之祚而劉毅不蹈於伏節死義之禍。彼二君尚然，而況陋漢、晉而法唐、虞者，可不思所以崇用敢諫之士，使不至有死節義之事乎？

臣之講是說久矣。今我主上殿下臨御以來，恢容諫之量，懋獎節之規，而猶復惓惓焉以諫爭節義之目，特進韋布之士而詢之。臣雖愚昧，實感斯會，敢不披瀝素蘊，以對揚休命之萬一乎？

大才晚成

王若曰：古語云："大才晚成。"大才之所以必待晚成者何歟？

臣對：臣竊嘗以爲大才必夙成。其曰晚成云者，特自其功效之發見處言之耳。何者？

驊騮作駒，已見汗血；莫邪在爐，先透寶氣。夫既謂之大才，則與斗筲之才異矣。天之降如此之才也，固將辦一段之功而了一代之事，則其精神力量，蓋自髫齔之時，已有非凡人常流所可及者也，烏可謂不成於早而必成於晚乎？

番番良士，膂力既愆，則蹇叔可謂晚成，而使其早用之，則必無三帥之敗矣。誰可將者，無踰老臣，則充國可謂晚成，而使其早任之，則必無西羌之反矣。

由此言之，則大才未嘗不夙成，而方其早歲，世無知者，及其有所成也，髮已種種白矣。語其迹，則固不免晚成；而論其才，則已自於早年。

從古以來，若此者流，指不勝僂，是固爲抱才者之恨。而其以晚成稱者，猶不失爲一時之人才，而惟彼胸鬱青霞，草木同腐者，求欲晚成，亦不可得。此豈非用才者之所當念者耶？

噫！梗枏、豫章，生七年而後知，百年而後成，則其晚成何如？而干雲蔽日之材，已兆於出地之時。荊山大璞，歷三世而後剖，百日而後成，則其晚成何如？而照夜連城之光，已騰於在山之日。夫焉有大才而不能夙成者哉？其功效之見於世則有早晚之殊焉耳矣。

雖然，此則只就需世之人才上言之，而至於爲學之道，亦未嘗不然。蓋吾夫子自言其進德之序，而至於七十而後從心所欲不踰矩，又曰"假我數年，卒以學《易》"，則疑若其成之不在於早。而天縱之聖，未嘗不成於十五志學、三十立之日。

程子自言"七十可出《易傳》"，而朱子以爲"却是得涪州一行氣力"。則又若未成於早，而展也君子，未嘗不成於十二三，銳然學聖如老成人之時。由是觀之，固未有不夙成而能晚成者也，其所謂晚成，皆夙成之餘耳。

今以鹵莽滅裂之學，因循退托，不肯成其遠大之工，而姑惟曰"大才晚成，不必夙成"云爾，則皆自暴自棄之言。而大才晚成之說，未必非誤天下後世之祟也。是故夫子曰："四十五十而無聞焉，斯亦不足畏也已。"又曰："後生可畏。"聖人之意，曷嘗以晚成為貴而不責之於早歲乎？

然則大才之必夙成，自是固然之理，而學者之必欲及時着力，如恐不及，亦惟恐其晚而無成也。是豈可只以功效之發見而言之者哉？

臣嘗得是說，欲一獻之九重而未有階耳。今我主上殿下茪九五之位，撫盈成之業，凡於用才之道，靡不用極，至以"大才晚成"四字，發為策士之目。臣雖顓劣，實感斯會，安敢嘿然而退，以孤我殿下之盛意乎？

寶鑑

王若曰：寶鑑者，所以備載先朝之嘉謨、善政，以為貽則、燕翼之道者也。

臣對：臣竊嘗以爲寶鑑之名，雖出於近世，而寶鑑之所以爲寶鑑則其來已久。蓋二典、三謨，唐、虞之寶鑑也；《夏》、《商》、《周書》，三代之寶鑑也。降而至於漢、唐、宋、明，亦莫不有一代之寶鑑。

今按而攷之，其世已遠，而其人之精神影子，都留在紙面上畫出來，瞭然若明鏡止水之照人毫髮，各自不爽。此唐文皇所以有以古爲鑑之說，而張九齡之獨獻《金鑑錄》，良以此也。

然而古人有言曰：“欲法堯、舜，當法祖宗。”夫所謂法祖宗云者，無他。爲其有堯、舜之德，居堯、舜之位，行堯、舜之政，語其學，則精一之心法也；論其治，則熙皥之世界也。規模、制度，固已立經陳紀於當時；嘉言、善政，又足垂統可繼於後世，則未有不法祖宗而能法堯、舜者也。是故鄒夫子之言曰：“遵先王之法而過者，未之有也。”

然則唐、虞之寶鑑，雖曰尊閣於开上，而猶未若祖宗之寶鑑也；三代之寶鑑，縱云昭揭於簡編，而又不如祖宗之寶鑑也。蓋以其時之近，故其鑑也尤詳；其言之習，故其鑑也益切。治法、政謨，無古今異宜之歎；嘉言、善行，有耳目易感之效。故伊尹之勉一德也，動稱成湯；周公之作《無逸》也，必詳文祖，自古爲國家長遠慮者，蓋如此矣。

雖然，寶鑑之所以作，寔出於於戲不忘之意，而所以爲寶鑑於後王者，又在乎繼志述事之孝。則覽其盛德至行而怵然思所以追之， 想其良法美制而慨然思所以守之，使其雖在於燕閒幽獨之際，而常若立乎宗廟之中、朝廷之上， 然後始可有法祖宗之效， 而今日之寶鑑， 又將爲他日之寶鑑矣。 夫豈徒事乎揄揚頌美於文字之間，與典謨竝列於終古，而使後世仰慕於無窮而已也哉？

臣愚不佞，妄抱斯說，欲效獻芹之誠者稔矣。今我殿下躬履億萬年無疆之休，命撰《十九朝寶鑑》之書，而又進草野之賤於楓陛之下，特以"寶鑑"二字爲清問之第一義。臣雖湔劣，實感斯會，敢不披瀝素蘊，以對揚休命乎？

禮

王若曰：禮者，天理之節文而人事之儀則也。

臣對：臣竊嘗以爲先儒論禮之說，非不詳且盡矣。而皆莫如朱夫子一時字之訓，明白襯當，鑿鑿中竅。其譬於釀酒，則曰"到發得極熱時便是禮"；其喻於天氣，則曰"午間極熱時便是禮"。

夫禮者，自是天理之當然，欠他一毫不得，添他一毫不得。而聖人之行出這禮也，無一不與天合，其間曲折等品、厚薄淺深，莫不恰好，都不是白撰出，則這是極平順、極正大底道理。

而朱子之必以"極熱時"三字，譬東喻西，畫出形狀者何哉？

噫！經禮三百，曲禮三千，將之以敬，用之以和，一獻而百拜，一事而百儀，斟酌損益而制節乎俎豆、玉帛之際，周備繁縟而規範乎趨翔、登降之間，如甘之受和而五味之無不具也，如白之受采而九章之無不備也。

則以酒言之，方其微發時帶些溫氣，謂之仁則可，謂之禮則不可。到得熟時，謂之義則可，謂之禮則不可。到得成酒後與水一般，謂之智則可，謂之禮則不可。禮也者，其非發得極熱時乎？

以日言之，早間天氣清明，謂之仁則可，謂之禮則不可。晚下漸凉，謂之義則可，謂之禮則不可。到夜半全然收斂，無些形迹時，謂之智則可，謂之禮則不可。禮也者，其非午間極熱時乎？

此紫陽所以謂之"只如此看，甚分明"，而禮字之義，更無餘蘊矣。

臣嘗因是而推之。以天地而言，則禮乃萬物長養、亨通嘉會之時也；以人身而言，則禮是血氣壯盛、精神發越之時也；以國家而言，則禮又泰運方屆，治平雍熙之時也。禮也者，其四德中之最文而極和底時乎。

且夫雷在天上，是何等氣象？而惟禮可以當之。故君子以之而克去私意，非禮不履。譬如大將臨陣，鳴鼓麾旗，摧鋒陷陣，鏖殺得盡，則其盛大之氣，發揚之意，有非尋常凡例所可形容之也。　苟或只看得恭敬、辭讓之端，欲求諸儀文、度數之末，則是認水爲酒，認夜爲午，而無以得其宣著發揮底意思、時節矣，烏乎可也？

　　必也以極篤之學，對極熱之時，達會通之理，得時中之義，然後禮之體自立而禮之用自明，將見天理流行、人慾退聽。酒而有釀熟之功，天而成一日之周，了無齟齬齵欠之時矣。然則一時字，近取之譬，豈不大有益於後世乎？

　　臣抱茲耿耿，思欲一獻之吾君而不可得矣。大庭奉策，乃以禮之一字，發爲淸問之第一義，是臣得言之時也。敢不以平昔之所蘊，對揚萬一？

仁

王若曰：仁者，心之德，愛之理也。

臣對：臣竊嘗觀四德皆可以一字名其義。如義之訓曰宜，禮之訓曰履，智之訓曰知。而至於仁，則從古無一字之訓，惟<u>孟子</u>有“仁者，人也”之言，而亦只是言人所以爲人之理，不是以人之一字爲仁之訓也。

　　蓋仁之爲道也，至精至大，包五常，貫萬善，無所不備，無所不著，所以不可以一言形容得盡也。吾夫子之罕言，而於弟子之問每各不同者，良以此也。

自漢以後，無人識得仁之體，故只將一愛字說仁。退之乃唐之大儒，而亦曰"博愛之謂仁"。夫仁之用，固主乎愛，而愛不足以盡仁，仁自是性也，愛自是情也。以愛爲仁，是以情爲性也，烏可乎哉？此程子所以非之。

而至朱夫子，始以"心之德、愛之理"六字訓之，然後仁之義始明而無復餘蘊矣。其發前人所未發而有功於天下後世，爲如何哉？

而其於夫子、顏子、子路之仁，所以取譬而形容之者，尤明白而襯切。觀此而深味之，則聖賢爲仁之高下淺深，可以默識矣。其言曰："子路求仁，如脫得上面兩件鏖糟底衣服了；顏子不違仁，如脫得那近裏面底衣服了；聖人安仁，則和那裏面貼肉底汗衫都脫得，赤骨立了。"

蓋天地以生物爲心，而人物之生，又各得夫天地之心以爲心。故語心之德，一言以蔽之，曰仁而已，則仁者是天理之至公者。而聖人純是一片赤骨立底天理，顏子則不能無有箇物包裹，而得聖訓剝去容易，子路則又較粗，而亦自擺脫了緼袍、狐貉等物事。然則脫衣之譬，眞可謂喫緊道破，而視他桃仁、杏仁之曰仁，手足痿痺之不仁，穀種、玄荷之喻，雞雛、驢鳴之說，又却深切著明，其示人體認之方至矣。

而粤！自二程以來，學者始知理會仁字，不敢復踵漢儒之說，而却又一向離了愛字，懸空揣摸，無復優柔厭飫之味、克己復禮之實。故其爲說恍惚驚怪，弊病百端。

　　朱子又以爲"反不若全不知仁字，　而只作愛字看，卻之爲愈"。蓋欲學者且將愛字推求，以至於見得仁之所以愛，而愛之所以不能盡仁，則仁之名義意思，可以瞭然在目矣。斯不但善發程子之旨，而抑豈非聖門之大功耶？

　　臣嘗服膺是訓，思欲一獻之九重而無其路矣。今我主上殿下聖學高明，其於仁之全體、大用，靡不貫徹安行，而猶且進韋布於大庭，以一仁字，揭爲群言之首。臣雖愚昧，敢不以平日所學，對揚休命之萬一乎？

動靜

王若曰：天地之間，只有動、靜兩端而已。

臣對：臣竊嘗以爲動、靜雖曰兩端，而其實一理也。蓋天下之理，不出於動、靜二字。而靜之中未嘗無動之理，動之中未嘗無靜之理，動之不能無靜，猶靜之不能無動。

　　而要之靜爲體而動爲用，靜爲主而動爲客。分而言之，則靜是靜而非動，動是動而非靜也；合而言之，則靜爲動之根，動爲靜之基也。以先後而言之，則靜在動之先而動在靜之後也；以相資而言之，則動有資於靜而靜無資於動也。以爲學之方而言之，則靜處存養，動處省察。而又約而蔽之以一言，則不過曰敬而已。

今若以靜觀靜而只論靜時工夫，以動觀動而只論動處工夫，則是猶見鍾之未動而不知其聲之固在，見氣之方噓而不知其吸之已隨也。烏可乎哉？

是故吳公濟專於靜處用工而教生徒爲默坐靜心之學，朱子譏其坐外事不成貌樣。張南軒以爲“言靜則溺於寂無，不若於動處省察”，朱子辨其靜字元非死物。蓋專於靜處用工與專於動處用工，均之爲失也。

善乎朱子之言曰：“一動一靜，互爲其根，敬義夾持，不容間斷。”而其論存養之工，則又未嘗不以靜爲本。蓋動靜相須，體用不離而後，始爲無滲漏絶病敗而自靜而動，亦理之自然也。

乾不專一，則不能直遂；坤不翕聚，則不能發散。龍蛇不蟄，則無以奮；尺蠖不屈，則無以伸。故夫子贊《易》，先言寂而後言感；子思傳道，先言中而後言和。周子主靜之說、兩程靜坐之教，皆以至靜之中，乃有靜而動之端。故當其未接物之時，便有敬以主於其中，涵養收斂，湊泊道理，則事至物來，善端昭著，而所以省察之者益精耳。然則靜中之動，動中之靜，相爲對待，不能相無。此靜存動察之工，所以爲全體大用之學。而朱子所謂“敬字工夫，通貫動靜，而必以靜爲本”者，豈非分明灑落指示要切之語耶？

嗚呼！動靜兩端循環不已，更無別般物事。而其動其靜，必有其理，是則所謂太極也。而夫惟聖人其靜也，動之機未嘗息，其動也，靜之理未嘗亡，靜與天同，動與天合，直與太極洽然無間。此濂溪圖說所以極言聖人之合乎太極，而胡雲峯亦曰"夫子其太極矣乎"。

然則動靜二字，摠而言之則曰太極，而太極之理，苟非吾夫子，則何以見得乎？此臣所以論動靜而歸之於太極之一理，又以聖人爲有形之太極，而以一"敬"字爲學聖人之工也。

臣抱茲耿耿，每欲一效芹曝之誠而無其路耳。今我殿下聖學高明，該括動靜，其於存養省察之工，克盡相須交持之方，而猶且惓惓焉發爲問目於韋布之士，此聖益聖之術也。臣雖愚昧，敢不披瀝素蘊，以對揚休命乎？

詢謀之道

王若曰：《書》曰："弗詢之謀勿庸。"謀之必待詢而後庸者何歟？

臣對：臣嘗讀《周禮·小司寇》之職，而知詢謀之道，在乎定志與知人二者而已。何者？

司寇之職係乎秋官，而掌外朝之政，以致萬民，以敘進而詢焉，以衆輔志而蔽謀。則其志固定於詢謀之

前而又必知人於叙進之際。故方其蔽謀也，不過詢於
其人以輔其志焉耳矣。

蓋志不先定，則雖欲詢謀，而謀之孰善孰否，無以
擇而決之，必有築室道謀之歎矣。人不先知，則雖欲詢
謀，而人之當詢與否，無以審而行之，必有不臧覆用之
患矣。是故帝舜之詢謀也，惟先蔽志而又必詢之於皇、
夔、稷、契、八元、八凱之流，故無不可用之謀；文王
之詢謀也，先度其心而又必詢之於八虞、二虢、閎夭、
辛、尹之徒，故無不可行之謀。

惟其志雖先定，而天下之義理無窮，則不可不博采
兼聽，以輔吾之志也；人雖已知，而一人之識見有限，
則不可不廣諏遍咨，以蔽吾之謀也。此古先聖王所以
謀必貴乎詢，而詢必貴乎定志而知人也。苟或徒知不
詢之勿庸而不知定志知人之爲要，則雖事事而遍詢四
海之人，日日而每詢盈廷之士，亦不足以決天下之疑，
成天下之務。而謀之多族，職競作羅，反不若不詢而獨
斷之，猶有摠攬剛制底意也。謀之不可以不詢，而亦不
可以徒詢也，豈不明甚矣乎？

嗚呼！大樂之成，非一音之所可爲也；嘉膳之和，
非一味之所可能也；天下之事，非一人之所可獨也。然
而不明乎金聲玉振之節，而欲以桑、濮之音合而成之，
則非所謂大樂也；不識乎八珍六清之調，而欲以糠籺
之具混而和之，則非所謂嘉膳也。

不講乎衆允十朋之義，而欲以尨雜之議采而用之，

則非所以爲天下之事也。故卜之則吉，令之則從者，以其定志也；諏謀度詢，必咨於周者，以其知人也。

周公之作《周禮》也，爲能灼見弗詢勿庸之道，故特揭其義於司寇之職，以示其斷制之意。而又恐其徒詢而徒斷，故明示定志、知人之方，以羽翼乎虞舜戒禹之言，其爲後世慮，可謂至深且遠矣。

臣之講是說雅矣。今我主上殿下臨御以來，恒軫廣謀之義，每舉爰詢之章，而大庭策士，十行清問，又以此爲第一義。臣雖湔劣，實感斯會，請得以一得之愚，藉手於黈纊之前。殿下毋曰："乃言無稽也。"

中

王若曰：中之一字，千古聖學之要訣也。

臣對：嗚呼！中豈易言乎哉？以其義則經傳已盡言之矣，以其效則先儒已盡推之矣。苟使徒言其所已然之義而只推其所未然之效，則豈不誠易知而易行哉？然而言之非難，而知之爲難；知之非難，而行之爲難。此所以中字之義益明而中字之效益遠者也。吁！其可歎也已。

《書》曰："惟皇上帝降衷于下民，若有恒性。"夫衷者何也？卽中也。蓋天之所以與民者，不過這箇一"中"

字而已。則其所謂若有恒性者，亦不過得此中焉爾。天以中降之于民，民以中得之于天。此乃自然之理、固有之性，而初非一毫有待於外者也。

其所以因其自然而率其固有者，宜若易然，而又必曰"克綏厥猷惟后"者，豈不以降衷于民者天也，而建中于民者，亦一天也耶？

且天之所以降之者，雖無不均，而人不能不失，后之所以建之者，苟推其極，則不期而自中。然則《大易》所謂"財成輔相，以左右民"者，其責顧不重且大歟！

是故從古言性命之微者，若劉子所謂人受天地之中，程子所謂天然自有之中者，蓋莫非所以發明上帝降衷之理。而朱夫子必以爲"是皆本之人君躬行心得之餘，不待求之民生日用彝倫之外"，其意蓋以民生日用之中，雖不可以外求，而其所以爲本，則必在乎人君之躬行心得也。斯又豈非克綏厥猷之第一義耶？

惟我殿下以上聖之姿，莅中正之位，凡所以作之師而懋厥中者，固無患於行之之難。而猶且歉然若不足，特進韋布之士而親策以中之一字，甚盛舉也。臣雖無似，實有感激於中者，敢不以古聖賢之言，一陳之於清問之下乎？

《詩》

王若曰：《詩》者，中聲之所止也。故其言則思無邪，其教則
敦厚溫柔，其效則可以興，可以觀，可以群，可以怨。《詩》
之義大矣哉！【壬子抄製泮製】

臣對：臣竊嘗以為天下萬事，莫不先治其本源，而論
《詩》者，尤不可不知其所自。何者？
《詩》之為道，其指雖若甚近，而其教足以範世；其言雖
若至淺，而其化至於陶俗。苟或規規翦翦於章句之間、
比興之際，則非但失其正義，自不免穿鑿傅會之歸。其
弊將必至於善不能感發，惡不能懲創，而遂與古聖王命
太師觀民風之義相左矣。烏乎可也？
噫！《三百篇》大率不出於商、周列國之世，未嘗
上及於唐、虞。而若其本源之所自，則又未嘗不權輿
於勛、華之時。蓋其在朝則《勑天》之歌，颺言以賡之；
《南風》之詩，《卿雲》以和之，而洋洋乎盈耳者，不翅若
《關雎》矣。在野則《順帝》之謠，童子詠之；《擊壤》之
歌，老人樂之，而渢渢乎盛大者，又不翅若雅頌矣。此
非《詩》之祖而為《詩》者之所當先乎？今諷誦而反復
之，則猶足以想像其嵬蕩之盛德、熙皞之至治，而自
不覺手舞足蹈於千百載之下矣。其為感人心而裨教化，
豈止於商、周列國曰風、曰雅之間哉？
世之治《詩》者，惟不知此義也。故率不免捨源而

尋流、遺根而理葉。有若九師之爭門，五傳之裂幅，紛紛乎名物之辨析，叏叏乎時世之分排，此所以《詩》之義漸遠而《詩》之教遂衰矣。可勝歎哉？

恭惟我主上殿下，德竝堯、舜，化躋鼓舞，固已無讓於《三百》之權輿。而猶且惓惓焉以詩教之不行爲憂，策臣等而揭爲群言之首，大哉言也！臣雖愧於可與言《詩》之商、賜，敢不詠歎淫泆以對揚休命之萬一乎？

文體之艱易

王若曰：文體不一，而艱與易而已。辭艱者奇，辭易者順，何所取舍歟？

文莫尙於《尙書》，而古文皆易，今文皆艱。至於誥諭之文，宜順而反奇者，其故何歟？

周公之文，艱而不易；孔子之文，易而不艱。均是聖人，而發爲文章者，有此奇順之不同，何歟？

西京文章，最推馬遷。而如范、蔡、四君等傳主乎順，如酷吏、貨殖等傳主乎奇。出自一人，而艱易之不同若是者，抑何歟？

楊雄《法語》之文，專務鍊琢而未免後人之覆瓿；諸葛出師之表，不事雕刻而尙致志士之霑襟。由是而言，易勝於艱歟？

樊宗師之鉤章棘句，昌黎大加稱歎；白居易之俚語街談，小杜極其非斥。由是而言，順不如奇歟？

班固連珠之敍，獨稱最得其體；陸機華葉之言，或譏不見大體。其所尚之艱易，可以詳言歟？

永明之體俑自何人？而奇歟順歟？

徐均之體行於何時？而易歟艱歟？

楊士奇之詩文，號稱臺閣體；黃平倩之古文，自異翰林體。亦有艱易之可論歟？

徐堅見稱舍人樣，穆脩羞爲禮部格。抑有奇順之不同歟？

歐陽一掌試圍，而亟變西崑險怪之體；王、李競主詞壇，而深詆東坡平易之文。文人相輕，自古已然，而畢竟得失，果何居歟？

大抵文體隨世不同，而一世之間，亦或屢變，惟時之尚。而其盛衰興替，未嘗不與政通矣。貫道之文尚矣，雖其下者，必也學識積於中而英華發於外，不求順而自順，不求奇而自奇。其順者如江、淮安流，一日千里；其奇者如怒濤激石，變態橫生，然後方可爲盛世之文。而以文取士者，亦可以叩其外而質其中之所蘊也。

我朝文士，蔚然相望，前輩鉅手，未知其孰爲艱、孰爲易、孰爲順、孰爲奇，而亦不可不謂之盛矣。夫何挽近以來，寂然無聞，儒士所習，不過科臼文字，而如非泥於庸常，亦必强作詭怪。其於文章體格，元無艱易之可言，而膚淺淆雜愈往愈甚。此固俗習之使然歟？抑亦培養之失宜歟？

何以則丕新文體，或順或奇各得其宜，俾有以張斯文而

責世道歟？子諸生必有講究于中者，須各悉陳之。予將親覽焉。【正宗甲辰三月初十日。圓點三製。三下。】

臣對：臣竊嘗以爲"自有是文，便有是體，而艱與易，只是一體。其分艱與易者，皆苟而已"。何者？

世之以艱與易論文體者，只就辭句之艱澁難讀者謂之艱，字義之平易無滯者謂之易，或以爲奇文，或以爲順體。而其所以學之者，亦以是而各爲其法，殊不知艱之中亦有其易、易之中亦有其艱。

艱而不易，則必至於矻矻軋軋，如蚓戶、篠驂之語，陳商之三四讀，不能通曉者是也。易而不艱，則必至於卑卑靡靡，如市兒、街婦之談，眉山之村學堂老措大云者是也。何足謂之文體也哉？

必也合艱易而爲一，并奇順而互用，艱而未嘗不易，易而未嘗不艱，然後遇艱處而艱，遇易處而易。自其艱而論之，則奇古老辣，如萬丈峭壁，枯松倒掛，不可近而攀也。自其易而論之，則平淡悠遠，如千頃春波，輕舟穩去，不可遏而住也。

是故古之作者，於艱易之體，未嘗有所偏廢。故其文艱者自艱，易者自易，隨處發見，并行不悖。一人之作而或艱或易，一篇之中而有奇有順。此其自然而然，非有所强爲者也。

譬如善用兵者有奇有正，知奇而不知正與知正而不知奇，均之爲失也。正正之陣，堂堂之旗，自是上將之規模。而有時乎霆擊燄迅，神出鬼沒，使敵國奪氣而褫魄。則此孫、吳所以獨擅其名，而李廣、程不識所以各得其一者也。

文之艱易，何以異於此哉？世之人以艱與易，分而二之。爲艱之體者，擇古文之最艱者而祖之；爲易之體者，揀古文之極易者而尚之。各自矜高，競立門戶，有若朔南、丹漆之相反者然。此所以文體之日偷，而艱者徒艱而不奇，易者徒易而不順也。其弊在於不務學，而只就文字章句上，覷得其糟粕故也。可勝歎哉？

臣每於螢雪之暇，竊有見於文體之未嘗不一，而慨夫世之妄欲分異者矣。今我主上殿下，居聖人之位，爲聖人之文，雲漢昭回，渾然成章，未嘗偏于艱易。而發策多士，以文體之丕新爲第一義，大哉言乎！臣雖顓劣，敢不以平昔之所蘊，爲殿下一陳之乎？

臣伏讀聖策自"文體不一"止"果何居歟"。臣雙擎百拜，一讀三歎。臣竊伏惟念惟文有體，曰艱與易。蓋有所言而筆之於書，是謂之文，而文之爲體不同；有所蘊而發之於辭，斯謂之文，而文之爲格不均。或峭拔險崛而謂之艱，或通達平鋪而謂之易，艱之體不易而其體也自別，易之體不艱而其體也自殊，若是乎文體之不一也。

是以自古爲文章者，或取其高古而艱，自爲一體；或尚其通暢而易，亦爲一體。不易則艱而至於使人難讀，不艱則易而至於婦孺皆曉。文之體有萬不同，而要其歸，則艱與易而已；文之道不一其規，而揔其趣，則易與艱而已。文體之不出於艱易二字，有如是夫。

雖然，知艱而不知易，則必有險詭不順理之弊矣；知易而不知艱，則必有鄙俚不足觀之患矣。然則如之何則可也？必也學以明理，然後艱於當艱而艱中有易，易於當易而易中有艱，無偏枯之病而有曲當之美矣。惟殿下念哉！

請演聖問，仰敷愚見。辭之艱者必奇，辭之易者必順，此自然之勢也，而不奇則傷於俚，不順則傷於僻。如欲論其取舍，則不幾於取剛而捨柔，取弛而捨張乎？昔退之有言曰：「《易》奇而法，《詩》正而葩。」此非兼艱易奇順而言之者乎？

文莫尚於《尚書》，而古文則易，今文則艱。誥諭之文宜順反奇，此實由於反復曉諭之際，曲盡事情，間參方言，長枝大葉，伸縮回互，自不得不爾也。周公、孔子均是聖人，而考其文章，乃有艱易之不同。斯豈非姬聖之經歷險艱，有異於夫子之韋編三絕耶？且周公之言曰「予不惟若茲多誥」，孔子之言曰「辭達而已」矣，以此觀之，不難知也。

西漢文章，馬遷其最。而今讀其范、蔡、四君等傳，則主乎順；酷吏、貨殖等傳，則專於奇。斯其可疑者，而默識而心通之，則所謂順者，未嘗不奇；所謂奇者，未嘗不順。

想其筆端鼓舞之際，淋漓恍惚，有如烟波萬里者，有如張樂洞庭者，何嘗於作某篇時則志於順，敍某事時則務於奇耶？特自後人觀之，不免尋摘之疑耳。然則雖謂之無不同，亦可也。

《法語》之文，專務琢鍊，至待後世之子雲，則宜致覆瓿之譏。出師之表，不事雕刻，只寫忠臣之赤心，則足釀滿襟之淚。由茲而言，則艱不如易耶？

鉤章棘句，可謂樊宗師之病，而昌黎稱歎；俚語街談，實是白樂天之長，而樊川非斥。由茲而言，則順不若奇耶？

揔而言之，則艱有不如易之處，順有不如奇之時。亦有論者之一時取舍，則何可以此而遽謂之彼勝於此耶？

連珠之敍，獨致最得體之稱；華葉之言，或有不見體之譏。班、陸之文，艱易自別，則一時之評，宜乎若茲。

永明之體，實自沈約輩倡導；徐均之體，蓋於宋、明後盛行。是皆一代俗尚之使然，有何艱易奇順之可論？

楊士奇之稱以臺閣體，黃平倩之自異翰林體，亦皆自有其體，豈無艱易之各主耶？

徐堅之見稱舍人樣，穆脩之羞為禮部格，實乃各有其見，豈無奇順之互異耶？

然而其所謂某體者，雖有彼此之不同，而要皆輕薄浮靡之體也；其所謂某格者，雖有甲乙之差殊，而揔是卑弱零瑣之格也。臣不欲娓娓論列，有若賞假花而評楦麟也。

歐陽變西崑之體，而嘉祐號稱多士；王、李詆東坡之文，而詞垣各自爭雄。掌試之功，可謂多矣，相輕之習，不亦鄙乎？

臣伏讀聖策自"大抵"止"貢世道歟"。臣雙擊百拜，一讀三歎。臣竊伏念文體之隨時不同，自昔然矣。而一世之間，亦或屢變，其盛衰興替，未嘗不與政通。而觀世道者，亦未嘗不於斯而占之矣。

彼貫道之文尚矣無論。而雖其下者，亦必學識積中，英采發外，然後其爲文也不求順而自順，不尚奇而自奇。順則如江、淮安流，一日千里，而無礙滯之意；奇則如怒濤激石，變態橫生，而無鄙俗之氣，斯可謂盛世文體。而取士者，亦可以因其外之發見而驗其中之蘊蓄也。

於休我朝，最多文士，鴻儒鉅匠，磊落相望，指不勝僂。或有尚艱者，或有尚易者，或有順者，或有奇者，而其鳴國家之盛則一也。奈之何挽近以來，前世之風，寢成寂寥，儒士所學習者，率不過科臼文字，而若非流於庸瑣，則必至過於詭怪，其於古所謂體格，初無艱易之可言。而膚淺宂雜，便作時體，波蕩風靡，愈往愈甚。以爲俗尚之使然，則聖世之俗尚不宜爾也；以爲培養之失宜，則聖上之培養未有失也。

臣於此誠左右視而莫知所以對也。雖然無已，則有一焉，不曰學乎？學也者，將以明夫理也；文者，理之所發也。理不明而文有體，臣未之聞也；欲明理而不以學，臣亦未之聞也。是故古之爲文者，非徒以文之艱易奇順而爲其體也，必也先以學明其理，於凡天下之理，無不有以究極其所以然。則其發之爲文章也，自然或順而或奇，艱易之體隨遇而見，如風之被於水。而其微也，疊縠堆紋，萬皺相仍，固是風之所使也；其怒也，吞山沃日，百怪層出，亦是風之所爲也。爲學而明理以爲文，或艱或易、或奇或順之各當其宜，無適不可者，何以異於是？

臣竊睹殿下天縱聖姿，日新睿學，沈潛乎經傳之旨，貫穿乎性命之奧，既有以明夫天下之理。而和順積中，英華發外，餘事文章，超詣古昔，艱易奇順，隨處有法，宜可以致一世於實地之學、菽粟之文。

而臨御以來，其所以培養敎導之方，反失先後本末之序，乃以課試考批之舉，要爲賁飾太平之資。或親臨於後苑，或命題於泮宮，詩賦之體格，漸尙新奇；表策之規撫，頓致華飾。對偶之工巧非常者，獎而賞之；字句之尖奇異人者，表而魁之。筮仕焉以是，登第焉以是，以至於超顯職躋崇秩，亦莫不根基於是。而平易陳腐之言，典雅磅礴之作，嗤之爲古調，黜之爲棄物，未或參廁於其間。

又命抄啓年少之文臣，極一代之選，頻召試取，批評輝煌，賜予便蕃，其所以優異之尊寵之者，非諸臣之比。故方其抄取之際，以勢以請。

曁乎製進之時，借述借筆，其徒事外飾，不務實效，已爲四方之傳笑。而無論文臣儒生，轉相慕效，力事學習，或謂之應製體，或稱以奎閣體，如草偃風，如水趨下，汲汲若狂，昏昏似醉，不復知有禮義廉恥等字。而閉門讀書，遂付之於圭竇中老學究之業。如此而安望文體之復古乎？

臣愚死罪，竊以爲殿下之志雖勤於文體之丕新，而其所謂丕新者，反不若不新之猶有古淡底意也。若是者何也？殿下所以導之者然耳。今夫水搏而躍之而曰“水胡不下也”，樹搖而爪之而曰“樹胡不生也”，天下之人其信之耶？

今殿下敎之曰：“其於文章體格，元無艱易之可言。”以今世之體格，責文章之體格，不幾於越轅而燕軾乎？故臣愚斷以爲學以明理本也，文之體格末也，不治其本而治其末，臣未見其可也。誠願殿下毋曰“培養之已至”，深思俗尙之丕變，以明理之學，導率一世，勿區區於一時之鼓動興起，必勉勉於三古之陶鑄作成。則上之所好，下必有甚，學旣明矣，文亦隨之，其體丕新，回淳返朴，將見艱易奇順各適其宜，張斯文而賁世道矣，豈不休哉？

臣伏讀聖策自“子諸生”止“親覽焉”。臣雙擎百拜，一讀三歎。臣旣以學之一字爲捄弊之第一義。而正文體之術，又在乎有司之得人。蓋有司者，主文柄而考試黜陟者也。公則無私，明則不暗，苟有司之公且明也，不但不失一時之人才，亦且振得舉世之文風。此觀感之自然者也。

雖以聖策中所及者言之，歐陽一掌試圍而文體遽變，斯豈非明效大驗耶？顧今世級已降，如歐陽脩者何處得來？而雖落下千百層者，苟有慕而愧之之心，則豈至於今世樣子乎？

夫眞箇讀書攻文之士，固不在於有司。而一時文體之美惡，惟在乎以文取士者之所尚如何耳。欲變時體，舍是何求？

而試看近來，不擇有司，眼既不明，心又不公，科試之所取，率皆富勢無文者。則尚何文體之可論？是故文風日衰，士習日壞，寧不寒心？

臣幸得可言之會，輒欲叩竭兩端，而尺幅已盡，時限又屆，言止於此。伏惟聖上赦其狂妄，財擇而采之。則非臣之幸，乃世道文運之幸也。臣謹對。

文體與世道【己酉抄啓文臣課試○代人作】

王若曰：文有一代之體而與世道相汙隆，讀其文，可以論其世也。周道降而策士縱橫，漢業弘而西京爾雅。之文之體，孰使之然歟？

二陸迥暎之詞，珠流璧合；六朝綺麗之唱，鳥過花飄。

世亂則同而文體之異，何歟？

長江秋注千里一道，而不能回旣倒之瀾；輕縑素練窘于邊幅，而不害爲明時之輔。抑亦文體之得失，不關世道之盛衰歟？

欲革浮華而《大誥》是作，黜去險怪而學體丕變。牖俗之方本不在於言語，而正趨之要壹不外於取舍歟？

俚之而有宮體、俳體之譏，詭之而有時學、時文之誚。是將氣格之隨人而莫之可矯歟？毋或獎進之失宜而轉而成習歟？

大槪文以世降，而體不得不變。唐、虞而有《典》、《謨》之體，商、周而有《訓》、《誥》之體。流而爲漢、唐正宗，派而爲宋、明諸家。雖其元氣厚薄與時消息，類皆循蹈軌範，羽翼經傳，以鳴一代之盛而不失典雅之體矣。

我朝文明，鴻匠接武，恥讀非聖之書，羞道非法之言。窮則攻傳後之業，達則治需世之文，黼黻皇猷，賁飾至象，一見其書，可知爲治世之音也。

近來文風漸變，其所謂操觚之士，不本乎詩書六藝之文，埋頭用心，反在於稗家小品之書，發而爲詩文，駢儷之作也。筆未落紙，氣已索然。譬如昏睡之人，時作譫囈，自以爲極其巧透其妙，而不成葫蘆之畫，殆同迷藏之戲。用之鄉黨，而反不如學究陳言；用之朝廷，而無以行大小詞命。求之前代，無此體段；考之我東，無此品格。是果孰從以傳法之也？

予爲是悶，每對筵臣，未嘗不以變文體之說反復申戒，不翅殷勤。而聽我藐藐，成效漠然。如欲一洗啁啾之陋，咸歸醇正之域，蘊之爲經術，著之爲文章，庸成一代之體，俾新八方之觀，則其道何由？

子大夫其自是策，擺近臼挽古轍，使予莫爲空言。【己酉抄啓文臣課試。代人作。三中。】

臣對：臣竊嘗以爲理無古今之異，則文亦無古今之異，特世所尚之之異耳。是故其世之所尚也典雅，則其文之可傳者典雅而已，曷嘗見他體乎？其世之所尚也麗靡，則其文之可見者麗靡而已，何曾有別格乎？以至於詭怪也、鄙俚也，莫不隨其世之所用而顯焉，而外此者皆在擯棄之科。後之人只從其一時之所尚而稱之，何從而知其世亦有非其所尚之文也？

嗟乎！飲食、衣服皆所以便於口體也，而時體之所尚，隨世而不同；稼穡、工商皆所以資其産業也，而俗習之所務，因地而各殊。

今若設汙尊、土鉶於燕飲之際，服羔裘、豹飾於會朝之時，則人必怪之以爲罪矣。爲廬井、場圃於鄉里之間，行九式、百族於廛舍之中，則世必駭之以爲笑矣。何者？其制則非不美矣，而特異於一代之所用故也。至於文體，奚獨不然？

有人於此，不欲顯其身，不求聞於世，獨行而自信，群非而不顧。則上之爲殷盤、周鼓之體可也，次之爲秦碑、漢祠之格亦可也。不然而欲蜚鳴乎一時，黼蔽乎當代，則必也屈首隨衆，刻意徇俗。凡所以劇心鉥目，弊精竭力者，盼盼然惟恐不入於時人之眼。此其勢不得不然，而文體之與世高下，職此之由也。

今也取其人，則斷斷然用今之體，而論其文，則嘐嘐然曰古之體者，是猶鞭之而責其不能規步矩趨，束之而怒其不能手舞足蹈也。烏可乎哉？

嗚呼！文體之隨時而變，原其所由然，則一言以蔽之，曰"好奇"也。蓋凡天下之俗尚，局局而新，無一定之規模者無他。以前日之所尚，爲平常無奇，而翻案出來，要以新一世之耳目，賁一代之文物也。

若夫文章也者，尤其精華、英彩之發見於紙上，而永以垂示天下後世於無窮者，則又安肯循蹈已陳之迹，修習見成之體，不思所以粧點太平聳動觀聽也哉？是以愈奇而愈以爲不奇，奇之甚者，號爲翹楚，衆皆稱之爲出人之才，世亦推以爲可用之彥。合於時體者，沾沾然自喜；不合於時體者，踽踽然自失。文體之日變，烏足怪乎？

今夫朝而日夜而月，花而實飛而走，山之土石、水之潮汐，使世人驟而見之，必將甚奇異，大驚歎不已。而惟其以爲常也，故必求其所嘗稀聞而罕見者，以爲奇而尚之。此亦人情俗態之所不能免者也。

然則六經之文，譬則日月之類也；後世之文，譬則奇怪之物也。人亦孰不知六經之可師、俗文之可賤，而畢竟所取舍，乃有相反焉者，其故何也？不過曰好奇而已。而好奇之驗，至於如此者，亦由於以此文開進取之路耳。

昔韓退之文，起八代之衰，豈不誠上窺姚、姒，下逮《莊》、《騷》？而爲場屋之文，決得失於一夫之目，則不得不曲循時體。至於顏忸怩而心不寧者數月，而無奈時人之見小慚以爲小好，大慚以爲大好？則以《原道》、《淮碑》之大手筆，尚且包羞忍慚，以圖有司之以爲大好，而況才不如退之，學不如退之，而文體之變，又下於唐時者乎？

夫移風易俗，固在乎在上者所好之如何，而至於文體，則尤有甚焉。苟能反其本而審挽回古昔之道，不至於使人姑舍其所學，則古之文體，今亦具在方冊，豈無篤信允蹈之士乎？此所謂理無古今之異而文亦無古今之異者也。

臣常抱此耿耿，今奉大策，諄諄然以文風之日變爲憂，思有以反之，甚盛舉也。臣雖不文，敢不以平昔之所蘊，爲殿下一陳之乎？【以下逸】

《中庸》【庚戌十二月泮儒應製】

王若曰：《中庸》，子思之書也，千聖相傳之心法，全體大用備矣。其精微蘊奧，可得而聞歟？

天命之性，開卷第一義。而人物之五常同異，爲大疑案，何歟？

戒愼恐懼，爲學大頭腦。而動靜之通貫與否，作一爭端，何歟？

性也道也敎也，卽三綱，而第二節獨言道字；喜也怒也哀也樂也愛也惡也欲也，卽七情，而第四節只舉四者何歟？

未發則性，已發則情，統之者心。中者大本，和者達道，發之者氣。而經文不言心不論氣，何歟？

致中致和，工夫也；位焉育焉，功效也。自家之一身一心，何與於天地萬物，而其幾微相關之妙乃如是歟？

舜言執中而不言庸，孔稱中庸而不言和。子思立言，與舜、孔若有不同，何歟？

雖稱君子而猶有待於時中，則君子中庸，最難者時字歟？

雖非中庸，而亦自以爲中庸，則小人中庸，不必補反字歟？

曰中曰庸，則似當一例推演於經文。而中之義則章章發揮，條條訓解，庸之義則庸德庸言之外，無所概見，何歟？

曰大本曰達道，則亦宜兩條剖析。而達道則每節必舉，大本則獨於立天下之大本再言之，何歟？

中庸自是恰好底道理，則似無所擇。而謂之"擇乎"者何歟？

中體本無一定之方向，則非可倚着。而謂之"依乎"者何歟？

知愚屬知，賢不肖屬行。而道之不行，爲知愚之引起；

道之不明，爲賢不肖之引起。何故？

知、仁、勇可能，中庸不可能。而大舜之知，在於用中；顏淵之仁，在於擇中。何說歟？

費隱是理，而鳶魚飛躍是氣，則以氣喻理者，得無齟齬。鬼神是氣，而德之爲言是理，則爲德之爲字，能不刢圄歟？

一貫卽是忠恕。則違道不遠，却從學者事言之，何義？

五倫初非高遠。則登高自卑，惟以夫婦兄弟言之，何歟？

曾氏《大學》與相表裏。而誠身、誠意之不同，其果不足疑歟？

九經一章，載在《家語》。而文體繁簡之不類，此亦不必拘歟？

自誠明之性與天命之性，同歟異歟？自明誠之敎與修道之敎，一歟二歟？

天道、人道，何爲錯綜言之？無息、不息，何必互換說去歟？

博厚、高明，竝言天地，而末獨言惟天之命，何歟？

三千三百，極於至小，而首先稱"優優大哉"，何歟？

尊德性、道問學，踐履乃在窮格之先；極高明、道中庸，篇名却入條目之列。皆可論其旨歟？

祖述憲章，夫子之道統也；上律下襲，夫子之德行也。子思之明祖德，卽所以明聖道歟？

小德大德，是甚名目？至誠至聖，有甚分別歟？

一篇之中，兩稱仲尼，果何意義？引《詩》之際，錯言云曰，亦何斷例歟？

或作六大節，或作四大節，《讀法》與《章句》，當何適從？

自裏說出外，自外說入裏，末章與首章，孰爲最密歟？

不顯二字，作幽深之解。則《詩經》所言之意，不須苟同？

無聲無臭，形斯道之妙。則周子無極之說，實由此句歟？

大抵《中庸》之爲書也，廣大淵微，經緯乎天地，橐籥乎造化。而性、道、敎三字，爲三十三章之分段；誠之一字，又爲三字之樞紐。其放彌退藏之，直指精蘊，亭亭當當，瞭如指掌，實聖門之單傳密符，儒家之正法眼藏也。學者入道之方，舍是書何以哉？不幸聖人云遠，吾道將墜，一部眞詮，無人表章久矣。

及夫兩程夫子出，而實始尊信此篇，以排佛、老亂眞之說，則子思子立言垂後之意，庶可復明於千載之下。而至朱子，針潛反復，究極精微，旣爲《章句》，又爲《或問》。他與張欽夫諸人論中和、動靜之往復文字，詳而且核，殆無遺義。讀者口講心惟可以領會，反躬體驗可以力行，苟欲趨中正之道，不患無下手之處。

奈之何世級漸降，人心偏陂，學術不明，氣質難化，索隱行怪者有之，同流合汙者有之。或爲子莫之執中，或爲胡廣之中庸，視先聖大本達道，不啻若郢書之燕說。如有君子者在，其憂道之心，爲當如何？

然異端固不足道，而吾儒之從事斯學者，誦孔、思之言，而反孔、思之訓。天人性命之原，雖說得天花亂墜，夷考其所爲，與夫卷中義理無幾相合者，滔滔皆是。事物未來之時，不知存養之爲何物；隱微幽獨之地，不知省察之爲何事。靜而昏昧，有頑石不劈之狀；動而放縱，有悍馬不羈之勢。

天理日消，人慾日滋，而大本不立，達道不行，甚至於小人而無忌憚之境，其將使子思憂深慮遠繼往開來之功，但爲紙上之空言而止耶？今欲痛祛舊習，實心看讀，字句訓詁，無徒信乎口耳，文詞義理，必思體于身心，克盡屋漏之工，深得精一之要，終底於擇善固執修德凝道，而用不負前聖後聖喫緊爲人之傳心傳法，則其道何由？

咨子諸生悉陳無隱，俾庸折中。【庚戌十二月十五日沜儒應製。次上。】

臣對：嗚呼《中庸》之書，無人不讀而習之；而《中庸》之道，無人能知而行之。譬之如日月焉終身仰之而不知其所以爲明，如五穀焉終身食之而不知其所以爲味。嗚呼！此其所以爲中庸之道，而無惑乎中庸之道之不明乎世也。

雖然，苟能一日用力喫緊而篤行，則夫所謂中也庸也，亦不外乎吾人日用常行性分內事。又如日月之明，奴隸亦知，五穀之味，童孺皆甘，初何嘗有高遠茫昧、難知難行底別件物事也哉？

嗚呼！聖遠言湮，經殘教弛，固朱子之所嘗浩歎。而朱子之後，又不知歷幾箇絳縣甲子，則使朱子復見今日，其憂歎而必欲明之也，當倍蓰於當日矣。

惟我先大王爲是之懼，嘗於臨軒策士之日，特以中庸爲第一義，惓惓乎有意於闡微辭而明奧旨。臣嘗欽仰大聖人憂世衛道之心。而亦惟我殿下又嘗於甲辰五月，條問《中庸》講義，凡於義理之微妙、字句之訓釋，靡不毫分縷析，必欲折衷發揮，無復餘蘊。雖其仰對之辭，莫能闡揚其萬一，而孰不仰前後聖之一揆於心法之傳授耶？

今年卽孔、朱舊庚，而聖子之誕降，又適丁焉。則此正吾道復明之一大機會，而殿下之以《中庸》一書復爲策士之目者，殆若不偶矣。臣竊不勝有感于中，其敢默無一言以孤我聖上至意乎？

臣伏讀聖策自"《中庸》"止"此句歟"。臣莊誦再三，有以知我殿下繼往聖之功也。臣竊伏惟念《中庸》之書，子思子所以傳其道者也。蓋無過不及之謂中，而有不偏不倚之妙；平常不易之謂庸，而無怪異奇特底事。中爲天下之正道，則斯乃恰好道理也；庸爲天下之定理，則是卽當行實地也。不言中，則無以見此道之無所偏倚也；不言庸，則無以見斯學之貴在平常也。此所以著傳道之書，而必曰《中庸》者也。

是以遠接堯、舜相傳之統，而得精一之心法；近質父師平日之言，而闡性命之大原。全體旣備於綱維之提挈，大用又具於經傳之演繹。憂之深言之切，而吾道之精微盡在於是；慮之遠說之詳，而聖學之蘊奧無出於斯。體用兼該而有光明純粹之美，知行並舉而無偏倚駁雜之弊。大經大法之標揭，而千聖之要訣，不至於愈久而愈失；三十三章之分排，而後世之學者，皆得以有考而有據。微辭奧義，固非末學之所可融會；而行遠升高，自有次序之不可紊焉。則此朱子所謂憂道學而作者也。

雖然，徒知《中庸》之為聖人心法，而不知其精微蘊奧之逐一剖析，則亦不過書自書我自我而已，烏乎可也？如欲明中庸之道而行之，盍於正心上慥慥爾？臣請因聖問而條陳之。

天命之性，人與物初何異哉？只緣人通而物塞，故人得五常之全，而物或有一點明處，此所以不同也。至於戒慎、恐懼，在乎不睹、不聞，則此所謂未發之時存養工夫。而“存養是靜工夫，省察是動工夫”，既有朱子定論，則何必疑乎？

性、道、教，乃《中庸》之三綱。而第二節之獨言道字者，豈非以道字上可以包率性之性字，下可以該脩道之教字耶？

喜、怒、哀、樂、愛、惡、欲，乃人之七情。而第四節之只舉四者，豈非以七情言之，則七者缺一不可，而以未發已發言之，則四者可以包得那三者耶？

心統性情而不言心者，既論未發已發之性情，則統性情者自可以見。況此節只言未發已發，初未嘗有性情字，則所謂性也情也心也，皆可以理會也。

氣發中和而不論氣者，吾之心正而天地之心正，吾之氣順而天地之氣順，則雖不言氣而自可見矣。況朱子特書氣字於位育之下，則豈不明乎？

自戒懼而約之以極其中，自謹獨而精之以極其和，則此所謂工夫也；天地安其所，萬物遂其生，此所謂功效也。靜存動察，體立用行，而天地萬物本吾一體，則其相感交孚之妙，蓋有不期然而然者矣。此乃學問之極功，聖人之能事，則烏可謂之無與乎？

舜言執中，未嘗言庸，而子思則曰中庸；孔稱中庸，初不言和，而子思則曰中和，誠若有不同者。而中庸乃夫子之言，而實述執中之義；中和是中庸之德，而本推夫子之言。況中庸之中，實兼中和之義，則前後聖之言，可謂如合符節矣。

朱子曰"君子只是說箇好人"，則雖稱君子，而猶必待於時中而後，乃可謂中庸也。孔子聖之時者，則時字豈可易言乎？

鄭本以小人之中庸為小人之自以為中庸，而呂氏諸儒皆從之。程、朱則從王肅本而補反字。鄭說雖云發明小人之情狀，曲盡其妙，而文勢語脉，終有如《或問》所論，則恐只當從之也。

旣曰中庸，則推演庸字似不當異同於中字，而反不免於懸殊。蓋庸只是這中底道理，非於中之外復有所謂庸者，則何必對待而立言乎？

大本達道，亦宜兩條剖析，而詳略亦有不同。此是就道之用處極言之，而其體則固未嘗不在也。

擇乎中庸者，謂辨別衆理以求所謂中庸，乃大舜好問用中之事。則此正是擇而處恰好底地位也，豈謂既能中庸而復擇之乎？

依乎中庸者，謂不離乎中庸之道也。依字正所以善形容"隨時處中"之義，非如偏倚之倚字。則此乃聖人之事也，豈謂有一定之中體而往依之乎？

知者知之過，既以道爲不足行；愚者不及知，又不知所以行。是則道之不行，由於知與愚也。賢者行之過，既以道爲不足知；不肖者不及行，又不求所以知。是則道之不明，由於賢不肖也。知行之互相引起，有如是夫。

舜之知在於用中，顏之仁在於擇中。則烏在其知仁勇可能，而中庸不可能也？蓋三者之可能，借言資之近而力能勉者，以形其中庸之難，非謂聖人之仁知也。

鳶飛魚躍，雖曰氣使之，然而所以飛所以躍，果何物也？朱子曰"氣載得許多理出來"，陳新安氏亦曰"鳶飛魚躍，天機自動，見此理之著於上著於下"。此正所以喻費隱之理也。

鬼神，二氣之良能。而朱子以鬼神之德爲實然之理。又以性情功效，釋爲德二字。然則猶言鬼神之性情功效也，文義固自明白也。

忠恕，乃徹上徹下之語。而曰不遠曰勿施，則是學者事，而非聖人一貫之忠恕也。

論自邇自卑之道，而引《常棣》之詩者，正所以言其雖高遠，實自此卑近始也。此所謂堯、舜之道孝弟而已者也，豈以五倫爲高遠乎？

《中庸》所謂誠身，即《大學》誠意之功。而黃勉齋云“《中庸》誠身章，當一部《大學》”，則此所謂相爲表裏也。未有意不誠而謂之誠身者也，亦未有身不誠而謂之誠意者也。有何疑於不同乎？

九經章與《家語》所載，繁簡不類。蓋子思有所刪有所補也。何必拘於此乎？

自誠明之性，如孟子所謂堯、舜性之之性；自明誠之教，如朱子所謂由教而入之教。此與首章性字、教字自是不同，何必疑乎？

天道、人道之錯綜，蓋因夫子之言而互相發明也。

無息、不息之換說，恐無分別於其間也。

博厚、高明之竝言，則末雖單言維天之命，乃以天包地也。

三千三百之至小，則上雖盛稱“優優大哉”，乃以小成大也。

尊德性，所以存心而極乎道體之大；道問學，所以致知而盡乎道體之細。此是先言大綱工夫，後及細密工夫也，非《大學》之次序也。

《中庸》乃是一篇之目。而却與極高明對舉爲條者，豈非擇而行之，莫先於致知，故特以道中庸，承之於盡精微之下，而示其深意耶？

祖述憲章、上律下襲，極言仲尼之道統德行者，中庸之道，至仲尼而集大成，故所以明之於此書之末也。

小德猶言小節，一本之散於萬殊者也；大德猶言全體，萬殊之原於一本者也。至誠之道，非至聖不能知；至聖之德，非至誠不能爲。此所以各就其事而言也，豈可分而二之耶？

第二章以下十章，皆述夫子之言。而獨於第二章與第三十章，特揭仲尼二字。"仲尼曰"者，謂其所言者中庸而表之於始也；"仲尼祖述"者，謂其所行者中庸而明之於終也。

引《詩》而或言"《詩》云"，或言"《詩》曰"者，恐無斷例之可言。而竊意：曰字形方而意亦方，云字形圓而意亦圓，雜引之際，或有意味耶？不然豈聖經一字一句之無意乎？

《讀法》則作六大節，《章句》則作四大節。而饒氏則主《讀法》，王氏則主《章句》。要之《讀法》與《章句》，皆朱子之言也。特有詳略，而大意則同，謂之竝行而不悖，未爲不可也。

首章自天命之性，說到位育處，是自裏說出外也。末章却自外面一節，收斂入一節，直約到裏面無聲無臭處，是自外說入裏也。而朱子又云"首章與末章實相表裏"，則此所謂始言一理，末復合爲一理者也，豈有疏密之可言乎?

不顯二字, 借引以爲幽深玄遠之意, 則正如《大學》所引緝熙敬止之類也。 古經固多斷章取義, 何必苟同?

首章未發之中, 即周子所謂無極而太極也。 末又約而歸之於無聲、無臭之天, 即周子所謂太極本無極也。 臣未敢知周子之說必由於此句, 而其符合之妙, 眞有不自覺其手舞足蹈者矣。

臣伏讀聖策自"大抵"止"其道何由"。 臣莊誦再三, 有以知我殿下開來學之盛也。 蓋嘗論之: 《中庸》之爲書也, 乃孔門傳授心法, 而廣大淵微, 直與天地造化同其功用。 性、道、教三字, 爲一篇之體要, 而誠之一字, 又爲三字之樞紐。 放之則彌六合, 卷之則退藏於密, 其開示蘊奧、剖析關鍵之位置次序, 井井秩秩, 如指諸掌, 斯乃吾儒門中正法眼藏。 而不幸孟氏之後, 異端之說彌近理而大亂眞久矣。

暨乎兩程子出, 而續千載不傳之緒, 排佛、老詖淫之流, 此篇之尊信表章, 蓋莫非其功。 而紫陽夫子又從而沈潛反復, 會衆說而折其衷, 旣爲《章句》, 又有《輯略》、《或問》之書。 講論師友往復文字, 論中和之義, 討動靜之說, 謹嚴詳備, 曲暢旁通。 後之學者苟能講而求之, 體而行之, 則爲聖爲賢, 豈患不能?

而獨奈何世級漸降, 學術不明, 或索隱行怪, 或同流合汙, 舉一世盡入於膠漆盆中, 子莫之執中、胡廣之中庸, 滔滔皆是。 其視大本達道之訓, 殆若越轅燕軾。

則此書之表章闡明，將無其期，而世道之憂，庸有既乎？

彼異端固不足道，而即自謂從事學問者，誦孔、思之言，則口角瀾翻；而驗孔、思之訓，則不啻相反。曾不知存養之爲何事、省察之爲何物，頑石於靜時，悍馬於動處。甚至於天理消盡，人慾恣橫，反中庸而無忌憚，則一部遺書不過爲紙上空言而已，豈不大可寒心哉？宜殿下惕然憂之，至有詢蕘之舉也。

嗚呼！今我殿下聰明睿智，度越百王，聖學工夫，直接洙、泗。其於此書之旨，支分節解，無復遺義。則臣何敢更贊一辭？

而第伏念心之一字，自是堯、舜以來相傳之要訣，而王者之尤所致意者也。蓋其危殆而不安者，易至於愈危；微妙而難見者，易入於愈微。不有精以察之一以守之，則天理之公曷以勝人欲之私，而動靜云爲亦安能無過不及之差哉？

是故《大學》平治之功，必資於正心；《中庸》位育之妙，必自於治心。誠以人君一心，乃萬化之原而四方之則也。今殿下居君師之位，秉導率之機，而世之學者，曾不痛去舊習，實下眞工。其所謂讀書者，只欲尋摘字句，以爲決科之計，而至於屋漏之工、擇善之要，夢未嘗及，是果何爲而然哉？

臣愚死罪，竊以爲：殿下正心之工，或不無萬分一未盡於涵養省察之際，而其所以論辨者，不出乎字句異同之拈得；其所以教導者，不越乎科文體格之高下耶？

臣謹按朱子前後奏箚封事，動輒累千百言，而必以人主一心爲天下之大本，惓惓乎精一執中之工、中和位育之功。其言未必有益，而猶不能止者，誠以非此則無可以陳於前也。

臣之所言，亦不過掇拾陳談，非有發前人所未發。而縷縷於盈尺之紙者，誠有所受之也。今殿下苟能奮發聖志，必以堯、舜之所以治心，孔、思之所以傳心，自期自勵，毋徒事章句訓詁之間同異得失之辨，則彼天下之有志者，將皆體貼身心，喫緊下手，深得乎天人性命之原，而咸造於修德凝道之域矣。故曰“上有好者，下必有甚焉者”，又曰“草尙之風必偃”，聖人豈欺我哉？

誠願我殿下毋患中庸之義猶有所未敷，而惟患正心之工或有所未至，存養於未發，省察於已發，雖處幽獨得肆之地，常若立乎宗廟之中、朝廷之上。則危者安，微者著，而天地位育之功，可以拭目而待。初非有待於外，而其效驗之神速，將愈於桴鼓影響矣，豈不盛哉？豈不休哉？

臣伏讀聖策自“咨子諸生”止“俾庸折中”。臣莊誦再三，有以知我殿下不憚問之德也。臣既以正心二字，粗效獻芹之愚誠，而其次又在乎闢異端。蓋異端之害吾道，譬如嘉禾之稂莠。苟不明示好惡，深斥而痛絶之，則世之人駸駸然不自覺其入於中，馴致滔天而燎原矣，中庸之道雖欲明得乎？

夫陰陽之互相消長，邪正之迭爲盛衰，亦理勢之所必然，"欲明吾道而先闢異端"，不易之格言也。故臣愚竊以爲欲明《中庸》之道而行之，先正人主之一心，更絕異端之苗脉，然後庶可期實效矣。此所謂"天下大本，不在於他，闢之而後，可以入道"者也。

伏願殿下勿以人微而廢其言，勿以言腐而棄其意焉。則非臣之幸，乃世道之幸也。臣無任戰灼屏營之至。臣謹對。

《大學》【辛亥八月到記科】

王若曰：《大學》一書，爲學之指南，而君天下之憲章也。其規模之大，節目之詳，可以歷論於"今不盡釋"之餘歟？

明德之心統性情，爲訓不的。單指則果何境界？

新民之改親爲新，歧議紛然。仍舊則有甚牴牾歟？

止於至善之包得兩綱，其義可明？

定、靜、安、慮之俱着知邊，其說何據？

八條工夫，先而又先，而致知、格物，獨爲變例；經末結句，應上物事，而厚薄、薄厚，別出剩語者何歟？

顧諟明命，得無近於佛氏之以心觀心？

大畏民志，能不涉於霸者之以力服人歟？

傳二章，所以釋新民。而章內五新，皆屬自新者何義？

傳三章，所以釋至善。而明德、新民，并舉互言者何說歟?

格致補傳意取程子。 而或以知止、聽訟爲格、致之錯簡。則平生精力，猶有所未盡歟?

誠、正承接，竊附己意。而或以心意一物，爲不聯之斷例。則作者微旨，豈未免遺照歟?

好惡之初起處，情也。 則此不曰誠情，而曰誠意者何歟?

愼獨之在《中庸》，幾也。則此不曰愼幾，而曰愼獨者何歟?

如見肺肝，人見之謂耶? 自見之謂耶?

誠中形外，善誠之云耶? 惡誠之云耶?

心有所心不在，均之爲病，則正心作何持養?

心與接物與接，分爲正、修，則齊家仍不槪見歟?

孝、弟、慈三者，治國之綱領，而《康誥》一節，但釋慈義；絜矩二字，平天下之樞紐，而好惡兩端，只舉惡邊。果皆有意歟?

禮樂、兵刑，無非王政，則何獨惓惓於理財? 修己治人，自吾分內，則何爲斷斷於得失歟?

格、致之夢覺關，誠意之人鬼關，何所取喩?

治國之爲治人，平天下之爲愛人。何所分屬歟?

"捍禦外物"之解，創自何人?

"因發遂明"之註，引下何傳歟?

章句之"一於善"，何故追改?

經、傳之屬孔、曾，何以見訾歟?

大抵原於一人之心，該夫萬事之理，其本存乎身，其則在乎家，其功用極於天下者，《大學》所以爲全體大用之書。而聖人立之以爲敎，人君資之以爲治，士子業之以爲學，此實六經之摠要，萬世之大典，二帝三王以來傳心經世之遺法也。

奈之何世級漸降，斯道不明，治謨歸於刑名，學術襲乎口耳。西山、瓊山，《衍義》、《補輯》等諸書，往往以爲迂濶，不切事務，而經筵之所發難，講師之所傳授，不越乎名義字句之分析。其甚焉者，力排程、朱，別立門戶，以誠意謂首工，以修身爲本領，異塗殊軌，稍稍入於陸、王之餘論。其爲世敎之榛蕪，正學之蔀蔽，顧如何哉？

惟予自在春邸，潛心是篇，晝漏晨鍾，窮深研幾者，蓋亦有年矣。常謂欲尊經者，當先知尊朱，而尊朱之要，又在於"無疑而有疑，有疑而無疑"，不但如張宣公之留着胡文定，然後倘庶幾乎眞箇尊朱。

凡今對予之策者，皆朱門瓚享譜承之士也。其於經一傳十之《章句》、《或問》，必讀之熟而體之素，願勿秘予，悉以所存牖予。予將親覽焉。【辛亥八月十一日到記科三下。直赴殿試。】

臣對：臣竊嘗以爲欲明《大學》，先治《小學》。何者？

天下之事，必由小以成大；天下之言，必自小以及大。故聖人之學，所貴者行自邇而登自卑，所戒者遺其小而務其大。蓋莫不循序而漸進，未嘗有躐等而驟語。

此吾儒門中不易之正法也。

是故朱子曰："《小學》是做人底樣子，《大學》只點化出些光采。"或有既失《小學》，請看《大學》之語，則答以"須從《小學》始，只消旬月工夫"，蓋有《小學》之坯樸，然後方可有《大學》之間架。今若不先其樣子，而先要點化光采，則不幾於繪事之不後素乎？

嗚呼！灑掃應對進退之節，禮樂射御書數之文，特其履小節之事，則比之於窮理、正心、修己、治人之道，其大小高下，固自迥截不侔。而若論其次第節目，則蓋有秩然，不可以毫髮亂者。

今觀《小學》六篇之目，若與《大學》之三綱、八條、經一、傳十，判為二書，不可强合。而沈潛反復以究之，則其理無不相符。明者明此而已，新者新此而已，止者止此而已，自格致至於平天下，皆所以窮此而推此而已。

然則《立教》、《明倫》、《敬身》，即《小學》之三綱領也；《稽古》、《嘉言》、《善行》，乃《小學》之傳幾章也。迹其所以立言，可見紫陽妙契疾書，繼往聖、開來學之至意，而程子所謂"先傳以小者近者，後教以大者遠者"，豈非指此而言耶？

噫！先儒論《大學》之源流者多矣。或以《堯典》為宗祖，或以《近思錄》為階梯，皆有鑿鑿相合之妙。而臣則曰"猶未若《小學》之為根基，尤切於後學也"。後世之治《大學》者，其於名目、次序，非不說得爛熟，寶花亂墜，而卒無有眞箇修己、治人之實效者，豈有他哉？直由乎《小學》之道不明也。苟能明乎小學，其於《大學》，特次第事耳。

今我主上殿下，居聖人之位，懋聖人之學，其於《小學》、《大學》之次第條理，蓋已有心得躬踐之要。而慨然憂斯道之不明，大庭發策，特以《大學》爲清問之第一義，甚盛舉也。臣雖淺劣，請得以平日所學，對揚休命之萬一。

臣伏讀聖策自"《大學》一書"止"見訾歟"。臣莊誦再三，有以知我殿下典學之聖念也。

臣竊伏惟念：孔氏遺書曰有《大學》。蓋經一章，孔子之言而曾子述之；傳十章，曾子之意而門人記之。綱領焉有三，而首揭於經；條目焉有八，而分釋於傳。間架井井，教人塡補將去；等級歷歷，使人喫緊出來。爲初學入德之門，而不迷其方向；作千載治民之範，而不失於舉措。則若是乎《大學》一書之不可不明於世也。

是以指南於爲學，而無浩汗雜亂之患；憲章於君國，而有平治熙皞之美。聖學以是爲準的，而尤切於他書；治謨以斯爲模楷，而備載於一編。其爲書也易知可行，而足以極高明之域；其爲言也纖悉備具，而可以致悠久之業。不啻若昏衢之日月，而孔、孟、顏、曾之所以作聖者，皆在於是矣；殆同乎四方之表準，而堯、舜、禹、湯之所以爲治者，不越乎玆矣。始以窮、格之工，詔萬世之學者；終以平、治之術，啓百代之熙運，則其模法功效之及於後也，有如此矣。

雖然，徒知《大學》之爲爲學爲治之本，而不知《大學》之本又有在焉，則如之何其可也？如欲明《大學》之本而先用工焉，必也《小學》乎。臣請演聖問而陳之。

朱子於傳之首，雖曰今不盡釋，而於序又曰"外有以極其規模之大，內有以盡其節目之詳"，則此所謂兩行說下，無復餘蘊。其所以盡釋者，正在於此矣。學者但因朱子所已釋者而潛心默究，則其所謂不盡釋者，自不待於歷論而可以得之矣。

心統性情，固是精密之論。而明德人所禀於天者也，必欲單指，其惟性乎。

改親爲新，雖有紛歧之議，而仍舊則牴牾於傳釋矣。此《章句》所以斷然從之歟。

明德、新民，皆當止於至善。則雖曰三綱，而實包之矣。若別以至善爲三綱之一，則泛然無着落，而無以示夫明德、新民之皆當到極好處也。況傳三章所釋，皆所以發明明德、新民之止於至善，則其義豈不明乎？

定、靜、安、慮，皆從知止出來，則俱着知邊者，有由然矣。蓋太學之最初工夫，在於物格、知至。而其於本末終始，知所先後，然後能得其所止，則先就知邊說者，乃立言之體也。

八條皆以次第言之，故逆推工夫，每下先字。而致知、格物，只是一事，非是今日格物明日又致知。格物以理言，致知以心言，故不曰"欲致其知者先格其物"，而必曰“致知在格物”也。又與章首三在字語勢相應，則變例而特下在字者，豈無所以乎？

經之結語，正所以應上本末之句。而上一句既以身爲天下國家之本，而敎以脩身之要；下一句又以家爲國天下之本，而敎以齊家之要。而於家與國天下，必分厚薄而言之者，蓋欲篤恩義於家，而國天下視家爲薄。則雖無上文之接應，是亦本末之意，恐非剩語也。

顧者常目在之之謂，則顧諟明命，言其提撕省察也，非謂以明命顧明命也；畏者必也無訟之致，則大畏民志，言其畏服感化也，非謂使斯民畏我威也。臣不敢以爲近似於佛氏之說、伯者之術也。

釋新民而皆言自新者，自新爲新民之本，而新民之意，自見於其中矣；釋至善而并擧互言者，至善包明、新之綱，而至善之道，無出於是外矣。

五章之補，所以明格、致之義，而或以知止、聽訟當之。然而朱子所以正舊本之誤而取程子之意者，正如分金秤上稱出來，明白的當，毫髮不差。今觀《章句》及《或問》所論，則鑿鑿中竅，無復遺恨，豈若諸儒之各以己意牽强傅會務欲勝人而已者哉？臣以爲“平生精力盡在此書”云者，正在於是矣。

誠、正承接，至於“竊附己意”，而或以心意一物言之。然而先儒已有定論矣。

蓋傳釋八事，每章皆連兩事而言，獨六章單擧誠意，若無承接。此乃上因知至，而知、行是二事，故所以不連致知說也。下起正心，而誠意不特爲正心之要，自脩身至平天下，皆以此爲要，愼獨又爲誠意之要旨。若只連正心說，則其意促狹，無以見其功用之廣大。此所以爲一篇之緊要。而意者，心之所發，誠意之後，又有正心工夫。此所謂序不可亂而功不可闕，則豈可謂一物而不聯乎？

蓋此書之要切處，只在乎誠、正之次序。而意欲實而心本虛，意未誠則固不能存是心，意雖誠而又不可不正其心。故或謂"意誠則心正"，朱子曰"不然。這幾句連了又斷，斷了又連，雖若不相連綴，中間又自相貫。譬如一竿竹雖只是一竿，然其間又有許多節"。此所以於誠意章下，必言承上章，於正心、修身章下，又言承上章者也。

"若只一物不聯"，則經文何以曰"欲正其心者，先誠其意"，又何以曰"意誠而后心正"也？臣以爲誠正承接，尤無遺照之歎也。

情雖好惡之發處，而不若指心之所發，故必曰誠意；幾雖《中庸》之所戒，而不若擧不睹不聞，故亦曰愼獨。聖經中隻字片言，豈無深意而苟然而已乎？

朱子曰："情是發出恁地，意是主張要恁地。情如舟車，意如人使那舟車。"性發爲情，當加明之之功；心發爲意，不可不加誠之之功。又曰："幾者動之微，是欲動不動之間。"獨者，人所不知而己所獨知之地，故必謹之於此，以審其幾。然則必曰誠意、愼獨，可以默識矣。

　　如見肺肝，上文明言人之視己。

　　誠中形外，先儒蓋言兼說善惡，恐不必疑也。

　　或曰心有所，或曰心不在，能免是病而使此心常存者，其惟一敬字以直之乎。

　　或稱心與接，或稱身與接。蓋忿懥等四者，是心與物接時事；親愛等五者，是身與物接時事。斯皆偏之爲害。

　　而心不正、身不脩，乃家之所以不齊，則雖不言齊家二字，而已在於正、修中矣。況子之惡、苗之碩，皆就家而言，則烏可謂不概見乎？

　　孝、弟、慈三者，治國之不可闕一者也。而但釋慈義者，推廣之道，最在於慈也。

　　絜矩二字，當兼好惡言之。而只舉惡邊者，絜矩之道，尤在於所惡也。

　　噫！孝弟或有失其天者，而獨母之保赤子，罕有失者。故特卽人所易曉者，欲其因慈之良知良能，而知孝弟之良知良能，皆不假於强爲，只在識其端之發見處而推去耳。然則引《康誥》而獨言慈者，未嘗不兼孝弟而言也。

　　公其好惡，是能絜矩，而好惡與人異者，是不能絜矩，則豈不兼而言之？而以上下四方形容之，則只言其所惡，而好亦可以推知矣。且如《中庸》所謂"所求乎子，以事父未能"，亦是此意。而《中庸》言其所好，《大學》

言其所惡，二書之互爲表裏，而聖訓之無不相應，於此亦可見矣。

捨禮樂兵刑而惓惓於理財者，王政之要，最關於財用也；言修己治人而斷斷於得失者，戒訓之辭，不可不如是也。噫！朱子於傳十章，始言財處曰："爲國絜矩之大者，又在於財用。所以後面，只管說財。"又曰："初言得衆失衆，再言善則得不善則失，終之以忠信得驕泰失，分明是就心上說出得失之由以決之。"然則禮樂兵刑，何嘗在於理財之外；而得失之由，何嘗非脩己治人底分內事耶？

格、致乃最初下工處，則此所以喻於夢覺也；誠意是學力分歧時，則此所以譬於人鬼也。蓋關是行過分界處，昏則夢明則覺，乃格、致之關；善則人惡則鬼，乃誠意之關。是故朱子曰："致知、誠意是學者兩箇過接關子，透得致知之關則覺，不然則夢；透得誠意之關則善，不然則惡。過得此二關，上面工夫一節，易如一節。"又曰："知至、意誠，是凡聖界分。未過此關，雖有小善，猶是黑中之白；已過此關，雖有小過，亦是白中之黑。"斯豈非善喻乎？

治國不過治人之事，而至於平天下則其地愈大，其任愈重，故必以愛人言之，愛與治氣象，自不侔矣。

"捍禦外物"之解，誤認格物之義者也，不必多辨。而"因發遂明"之註，引起誠意之傳也。只觀《章句》之釋誠意曰"實其心之所發"，釋自欺曰"心之所發有未實"，則可以見因其所發之爲誠意張本也。

抑臣於此竊不勝慨歎。夫格物是學問中何等大頭腦？而彼孔周翰之論，固不可不辨矣，以溫公之大儒，猶創爲扞格之說，則不有朱子之明辨，豈不誤後學而禍天下乎？讀書不可不明理，於此尤可以驗矣。

一於善之改以必自慊，正與無自欺對言也。此是朱子絕筆所更定，而先儒曰：“一於善之云，固亦有味，語意欠渾成的當，不若只以傳語釋經語，痛快該備，跌撲不破也。況語錄有云‘自慊正與自欺相對，誠意章只在兩箇自字上用功’，觀朱子此語，則可見追改之有意矣。”

屬孔、曾而訾之者，眞所謂妄論也。程子曰：“《大學》，孔氏之遺書，而曾氏之傳獨得其宗。則述孔子之言者，蓋曾子也。”朱子曰：“作爲傳義以發其意，而其所作爲必非自筆。則記曾子之意者，非門人而誰乎？”蓋“蓋”字疑辭，愼重之意；“則”字決辭，必然之意。曾子述孔子之言，則以疑辭書之；門人記曾子之意，則以決辭書之。此其下字之煞有審量，而非懸空揣摸也，烏可以議到乎？外此而《章句》之追改，可見晚年之益精。程、朱之見訾，皆由己見之自是。似此之類，不一而足，又何足疑乎？

臣伏讀聖策自“大抵”止“眞箇尊朱”。臣莊誦再三，有以知我殿下導學之至意也。蓋嘗論之：人之一心，虛靈不昧，具衆理而應萬事。故本之則修乎身，則之則齊乎家，其功用之廣大，極於天下。此乃《大學》之始終，而一篇之中，全體大用燦然備具，聖人之爲敎者此也，人君之爲治者此也，士子之爲學者此也。

作摠要於六經，建大典於萬世，二帝三王傳心經世之遺法，盡在於是。苟非孔子之誦而傳之以詔後世，曾子之作爲傳義以發其意，程、朱之尊信表章，采輯註解，則後之人，何以知古者大學敎人之法如此其廣且詳，而爲學之次第節目如此其不可亂不可闕耶？語其始，則雖曰初學入德之門，而極其效，則修己治人之方、化民成俗之意，不外於一篇之中。於以爲學而臻作聖之域，於以爲治而致太平之盛，則《大學》之爲書，顧不重且大歟？是宜拳拳服膺，勉勉致力，以無負聖人牖來學之意。

而獨奈何世降俗末，敎弛道塞，治謨則盡歸於刑名，學術則徒襲乎口耳。非不知綱領之有三，而鮮克體行；非不說條目之有八，而罔或實踐。西山之《衍義》，瓊山之《補輯》，如彼其發揮敷演，嘉惠後人，而往往或以爲迂闊不切。則尚何望於闡明經義，致極功效，以至於窮此理體此理推此理，意誠而推盪得查滓伶俐，心正而淘淸了波浪動盪，修、齊則自此而推之，治、平則擧此而措之耶？

惟其如是也，故經筵之所難問，講師之所敎授，只在字句之分析，罔念義理之硏磨。甚至於排程、朱而立門戶，謂誠意以首工，謂修身以本領，不翅若韓退之無頭學問，而駸駸入於陸象山、王陽明之緒餘。其爲世教正學之憂，庸有既乎？

猗歟！我殿下粤自离筵雷肆，念終始典于學。尤於是書，潛心研幾，眞有晦翁恍然得其要領之妙。而又常以爲："欲尊經則先尊朱，欲尊朱則必也無疑而有疑，有疑而無疑，克繼乎張南軒、胡文定故事，則庶得尊朱、尊經之義。"

大哉王言！一哉王心！有如此聖人，居君師之位，盡樂育之方。而顧彼榛蕪蔀蔽，反有如聖教所憂者，臣誠反復究思而莫曉其故也。雖然，亦嘗於螢雪之暇，有所俯仰而隳括者矣。

嗚呼！孔、朱之道明於世久矣，《大學》之書顯於人至矣。人亦孰不知《大學》之爲窮理、正心、修己、治人之道，可學而不可廢，可尊而不可慢？而俗習之弊至於如此者，豈無所由然之故耶？

臣主臣竊恐殿下導率之道，萬有一或未盡而然也。今殿下教之曰："經筵之所發難，不越乎名義、字句之分析。"臣固欽仰大聖人無不反諸己之盛德，而殿下既知其如此，何爲而不改也？自經筵而如此，又何怪乎俗學之徒習於字句、口耳之間乎？

夫表端而影直，風行而草偃，此固自然之理。而雖一動靜、一事爲，尚有上好下甚之應，況修己治人之方、全體大用之學乎？今所以行之於上者，草率粗略，遺本逐末，徒備儀文，遂成例套。苟其如此而已，則效之於下者，安得不如此而已乎？

臣旣以《小學》之爲本，發端於前，請復申之。夫物有本末，事有終始，讀書工夫，亦有本末始終。今若不以《小學》之道，先輊導率之術，則是遺其本始而務其末終也，豈不舛乎？朱子曰："昔尹和靖見伊川半年，方得《大學》、《西銘》看，今人半年，要讀多少書。"然則《大學》固不可遽看，而學者之不循序漸進，朱子之所深戒也。

夫八歲入小學，十五入大學，乃教人不易之序。則欲明《大學》而不先之以《小學》，是猶築室而不先固其基址，耕田而不先治其溝塍也。況半年要讀多少書，則不幾於築室而于道謀，舍己田而耘人之田乎？

蓋《小學》之書，蒙養之方也。《易》曰："蒙以養正，聖功也。"苟能蒙養於《小學》之書，則《大學》之無教，非所憂也。

臣竊伏睹，殿下聖學高明，度越前古，其於聖經賢傳微辭奧旨，靡不融會貫通燭照數計，而群下莫能望其閫域。故雖隻日開筵，而猶欠虛己容受之方；雖至誠求益，而每多文具觀美之歎。是故世之爲士者，率多涉獵於經傳，以爲功令之助，而未嘗有實下篤工，剖析精義，以求至乎修己治人之境界。又未嘗有用力於《小學》，以做樣子。故初不知格、致、誠、正、修、齊、治、平之爲何物事，而其所謂談經者，不免於隔靴爬癢、囫圇吞棗。正如無源之水、無根之木，安望其流清枝茂也哉？故臣愚以爲欲治《大學》之書，必先從《小學》始，而其所以成教化俗之本，則又在乎殿下導率之有方。

蓋朱夫子平生精力在於《大學》，而慮或有躐等遺本之弊，乃編《小學》之書。而《小學題辭》及《大學序文》，皆備言由小入大之序，以授萬世，豈欺我哉？

誠願我殿下毋患《大學》之不明，而惟患《小學》之不先；毋患世人之荒蕪，而惟患導率之未盡，克遵尊朱之義，深軫先小之道。則將見為學者舉皆循序而進，真知力行，不待董飭而自盡於修己治人之方，蔚然相望於鳶魚春風之中矣，詎不休哉？

臣伏讀聖策自"凡今對予之策"止"親覽焉"。臣莊誦再三，有以知我殿下詢蕘之盛意也。臣既以《小學》為正本固基之先務，而若夫衛聖道勸正學，則又在乎闢異端。

蓋異端之害吾道，如莠之害苗，獸之害人，不去則不止。而至於《大學》，則又不先斥其排程、朱立異說者，亦無以興學而養正矣。故孟子有言曰"能言距楊、墨者，聖人之徒也"，朱子序《大學》，而極言異端百家惑世誣民充塞仁義之害。

其放淫斥詖之意，如此其至，而便作紙上之空言，叔季歸來，所謂異端，形形色色，愈出愈奇。至有陰祖竺教而陽引聖經，外若脩飭而內實弔詭，一種鬼魔之徒，轉相和應，暗自誘染，思以易天下。則其為異端之害，又非但楊、墨、佛、老而已矣。欲明《小學》、《大學》之教者，不先闢此類而何以哉？

程明道曰："道之不明，異端害之。昔之害近而易知，今之害深而難辨；昔之惑人，乘其迷暗，今之惑人，因其高明。闢之而後，可以入道。"此言深切著明，在今日尤爲着題而所當先務也。

今殿下教之曰"皆朱門瓚享譜承之士也，必讀之熟而體之素"，臣於此不勝惶愧汗背。而若其所言，則皆有所受，不敢妄稱以添臣罪，倘殿下不以人廢之則幸甚。臣謹對。

俗學之弊【辛亥應製】

王若曰：甚矣俗學之弊也！自有明末、清初諸家噍殺詖淫之體出，而繁文剩簡，燦然茗華；詼諧劇談，甘於飴蜜，目宋儒爲陳腐，嗤八家爲依樣者，且百餘年矣。競尚奇詭，日甚月盛，以孜孜於譁世炫俗之音，浮念側出于內，流習交痼于外。

經義之學也，則以俳偶訶《虞書》，以重複訾雅頌，石經托之賈逵，《詩》傳假諸子貢，而非聖誣經之風作焉。淹博之學也，則察於名物，泥於考訂，耽舐雜書曲說，而倡恣穿之風作焉。文章之學也，則典冊之金匱琬琰，讀之必訑譾；簿錄之兔園飣餖，見之輒嘈囋。所矜者蟲刻，所較者雞距，而裨販剽賊之風作焉。

而其三家者流，各分派裔，以其書行于世，繆種膠結，駸駸矻矻。一人之筆，可以窮溪藤；一方之書，可以充屋棟。嗚呼不亦覰乎？弊帚漏卮，雖已則寶，其視魯弓、郜鼎，千載之定論如何哉？

夫學術之所賴而維持者，書籍。而至其附贅懸疣，非惟不足維持，反有以汨亂之滓穢之。所謂"秦人焚經而經存，漢儒箋經而經殘"者，此之義也。

予於近日諸臣之力斥西洋說也，惓惓以明正學爲闢異端之本。而又嘗以明末、清初之書爲正學之榛蕪。彼俗學之匍匐不知恥者，豈但曰識不逮而見太卑而已乎哉？誠欲使反而求諸就實之學，寢廟於六經，堂奧於《左》、《史》，門墻於八家，則津涉浩如烟海，披剝紛如縷絲，斗筲之力量，不得不望洋回首。於是乎旁占一條便宜之逕，爲可以粉飾塗澤，大言不慙。而前人之瑣細而不屑爲者，依俙若偶有遺檢，竊竊然自以爲知，叫囂挪揄，群起而摹躡之，唉哉！由識者觀之，其不殆井蛙之相跨峙也乎？

予雖否德，忝在君師之位，爲之建旗鼓申誓命，黜陟於眞僞，格量其是非，而一代之文風、士趨，改澆漓歸敦朴，職固宜然。是以有明末、清初諸家雜書購貿之禁。而禁貿猶末也，何以則人踏實地，俗厭小品，無事於禁而竝絶不經、非法之書與言，純然用工於堯、舜、禹、湯、文、武、周公、孔子之道歟？矯世衛道之一大機括，其在是也，其在是也。子大夫其悉意條陳！予將親覽焉。【辛亥應製。三下魁。】

臣對：臣於近日所謂西洋之學，竊不勝憂歎憤慨。微殿下言之，固將奮螳臂於車轍，況殿下發其端而導之使言乎？臣請不循常臼，極言而明辨之可乎？

蓋殿下以明正學闢異端爲已任，至禁雜書之購貿。又發策於首善之地，欲聞矯世衛道之方。甚盛舉，甚盛舉！此實難得之機會也。雖然，臣愚死罪，竊以爲殿下終不能闢異端也。何者？以殿下近日刑政及今日親策知之也。臣請先言洋學之難禁，後及闢異之宜嚴，惟殿下試垂察焉。

嗚呼！夫所謂異端也者，非聖人之道而別爲一端者也。是故爲異端者，必主其所以爲說，與吾道角立而爭衡。楊者自以爲楊之道是也，墨者自以爲墨之道是也，老者自以爲老之道是也，佛者自以爲佛之道是也，莊、列、申、韓百家之徒，皆自以爲是也。

故雖以夷之之援儒入墨，推墨附儒，陳相之托於神農，願爲聖氓，而猶不足以文其姦，時則有若鄒夫子得以因其言執其迹而闢之廓如。雖以楊雄之爲大儒，佛說之彌近理，而猶不足以逃其罪，時則有若程子、朱子得以原其心窮其弊而斥之不暇。此所以孟子之功，不在禹下；而程、朱之功，又不在孟子之下也。

向使夷之、陳相之徒，陰祖墨、許之說，而陽若爲孟子之道；梭山、象山之類，內述禪家之旨，而外似爲朱子之學，人有斥之以異端，則曰我無是也云爾。則孟子距詖行之辯，朱子辨太極之書，何由而爲天下後世之所宗信乎？

臣竊聞今之所謂天主學者，其妖術邪說，眞蔑倫悖常，無父無君，亘萬古所無之賊徒凶黨。而以其有年前邦禁也，故修於室而擯於市，堅於心而閉於口，潛相教授，轉益詿染，思以易天下，使西土高於中夏，瑪竇賢於仲尼，已爲識者之所隱憂永嘆。

而至於近日尹、權兩賊出，則渠輩亦自知其不爲聖世之所容貸，信之雖篤而諱之愈固，內則雖行而外則若絕，人有言之者，則輒曰"我何嘗爲是哉？爲此言者，必包藏禍心，欲網打士類而然也"。人之不知其然者亦從而疑之，攻之者亦無以自解。則其弊將必至於一世皆化而無人敢言，甚至於父戒其子，兄詔其弟，以爲不如不攻之爲愈。是則彼諱其學者，固尹、權之罪人，而斥之者亦無所容其喙矣。此臣所謂難禁之端。

而殿下所以治之者，不過以作怪已發之兩賊，付之道伯而已。此固不足以拔本塞源，大畏民志。而伏見聖策，又只以俗學之弊爲言，有若濫觴於明末、清初之繁文，而不免於井蛙之見者然。是乃俗學鄙陋之責，而非異端邪說之目也。殿下何其假之太寬而恕之太恩也？

臣竊恐如此則彼爲其學者，舉將揚眉相賀，以爲莫敢誰何，而眞箇士類，反不免於網打之患矣。豈不大可懼哉？

臣謹按《中庸》曰"修道之謂教"，而朱子釋之曰"教若禮樂刑政之類"。然則刑政固人君修道行教之具，而至於末世邪說惑世誣民之流，則尤不可不齊之以刑政。

舍刑政而欲以言語明其不然，使之自改，臣恐無是理
也。

臣竊不自揆，輒因清問妄論至此，固知無所逃罪，
而請爲殿下畢其說焉。 臣伏讀聖策自"甚矣俗學"止"此
之義也"。臣雙擎百拜，有以知我殿下愍俗學之盛意也。

臣竊伏惟念世教既降，俗學有弊。 蓋學有聖人之
學，而世俗之學則有不治聖人之學；學有先王之學，而
流俗之學則有不遵先王之學。 由是而背吾道者，滔滔
皆是；由是而鶩異途者，比比皆然。若是乎俗學之有乖
於聖學也。

是以一入於俗學，則鮮有能自拔而歸正者焉；一染
於俗學，則罕有能自新而克己者焉。初若不甚乖於理，
而其流之弊則有不可勝言者矣；始若無大害於世，而其
末之患則有不能勝救者矣。俗學之弊，豈不甚哉？ 雖
然，徒知俗學之弊，而不嚴加攻斥，使悉歸於正，則烏
乎可也？ <u>韓愈</u>有言曰"人其人，火其書"，惟殿下念哉。

臣請演聖教而陳之。自夫<u>明</u>末、<u>清</u>初諸家之體出，
而栀其言蠟其文，膚於實溢於華，其音噍殺，其辭詖淫。
<u>宋儒</u>之道學而目之以陳腐，八家之文章而嗤之以依樣，
誇奇鬥靡，尚詭務異，動浮念於驚世，痼流習於眩俗。

以言乎經義之學，則訶《<u>虞書</u>》訾雅頌者有之，托
<u>賈逵假子貢</u>者有之，此非非聖誣經之風乎？ 以言乎淹
博之學，則泥於名物考訂，耽於雜書曲說，此非倡恣穿
鑿之風乎？ 以言乎文章之學，則詆諞琬琰，嘈嘈釘餖，

矜雕蟲之篆，較鬥雞之距，此非裨販剽賊之風乎？斯三家者，各分其派，競傳厥裔，族藤禿毫，充棟汗牛，享金之帛、無當之卮，自以爲寶，而比諸魯弓、郜鼎，不啻遠矣。

嗟乎！書所以載道，則學術之所賴者惟此書也。而彼贅疣者流，豈惟不足賴哉？乃反以汩亂滓穢，百弊俱興，眞所謂"經存於秦焚，經殘於漢箋"者也。文勝之弊，若是其甚。而詖辭邪行，職此之由，是豈不爲之恐痛而亟講矯捄之策乎？

臣伏讀聖策自"予於近日"止"其在是也"。臣雙擎百拜，有以知我殿下闢異端之誠心也。臣竊伏睹殿下必以明正學爲闢異端之本，雖於諸臣之力斥洋說也，未嘗不以此爲先務，又必以明末、淸初之書爲正學榛蕪之歎，閔俗學之卑陋，欲實地之反求，使之由八家、《左》·《史》，歸宿於六經，而烟海有難津筏，絲縷未易分析。旁占便宜，粉飾斗筲之姿，大言不慙，掇拾瑣細之物，自以爲獨得妙邏，爭起而蹴蓦之不暇，其亦井蟄之適適者歟。

猗歟！我殿下位居君師，麾勿旗於眞僞之辨，作表準於是非之際，要使文風、士趨回澆返淳，先申購雜書之禁，必期黜小品之美，庶幾爲矯俗衛道之機。而前頭丕變之效，臣未敢質言者，亦不無愚見之揣量。蓋其斥之也不嚴，則邪說增氣；待之也太恕，則異論得志。反以"禍心陷人"等語，把作鉗一世之資斧，而陰以濟其無忌憚之心，安得竝絕不經之書、非法之言，而純用工於堯、舜、禹、湯、文、武、周、孔之道也哉？

今殿下敎之曰："禁貿猶末也。"殿下旣知其爲末，則何必捨目前燎原之禍而遠咎鑽火者乎？方今洋學遍行，所在成俗，蚩氓愚婦，奔走頂禮。矯誣呪幻，褻雜淫穢，夷混名分，侮誚聖賢，以生爲辱，以死爲榮。而其書滿家，眞諺翻印，聚首聽戒，速於置郵。

夫好生惡死，人之常情，而今乃反之。苟不畏死，亦何所不至哉？臣以爲若不能人其人火其書，則其惑世誣民之禍，必至於使數千里讀《春秋》之地一朝淪胥於夷狄禽獸之域。古今天下，寧有是耶？

然而火其書，猶之易也，人其人爲難。蓋所謂其人，要非敎化所能人之也，必也隨現發大懲創，然後方可收效。彼雖曰樂禍慕死，其亦血肉之身，困苦旣切，豈不知戒？

臣又聞"今之攻彼學者，始雖嚴而終必解體，有若觀望謀避者然"，此非好消息也。孟子曰："能言距楊、墨者，聖人之徒也。"蓋邪說害正，人人得而攻之，不必聖賢，如《春秋》之法，亂臣賊子，人人得而誅之，不必士師。故孟子之言，至於如此。聖人救世立法之意，若是其切。而苟以此義推之，則不能攻討，而又唱爲不必攻討之說者，其爲邪詖之徒、亂賊之黨，可知矣。

是故朱子曰："如人逐賊，有人見之，若說道賊當捉當誅，這便是主人邊人；若說道賊也可恕，這便喚做賊之黨。"若使孟子、朱子觀今之世，則其所以排闢之嚴，又當如何哉？聖賢甚麼樣大力量，能補得天地缺醨處，直有闔闢乾坤之功。而惜乎徒作紙上之空言，任他鬼蜮之情狀而莫之與京。以殿下之聖明，苟能夬揮乾剛，嚴立科條，人之火之，期於一號令之間，則其功又豈下於孟、朱哉？

然臣之此言，亦非謂必皆比而誅之也，但當嚴覈其人，無敢掩諱。雖有舊染，苟能自新，則不必理會科斗時事，而若終爲彼學死守，則亦必屏諸四裔，不與同中國。又有如尹、權之自作孽不可活，則懸之藁街，斷不饒恕，然後庶或爲懲戢遷改之一助。此臣所謂人其人者也。

而亦必先火其書，然後可以議此耳。若向者不齒士類之罰，彼固不欲與吾徒齒，眞所謂適中其願。烏可以此而止之哉？故臣愚願殿下毋患俗學之爲弊，而惟患禁邪之不嚴；毋憂諸家之爲祟，而惟憂其書之或存。明聖學以正人心，誅邪類以放淫辭，嚴用三尺之法，廓清孽牙之妖。則自有改澆漓歸敦朴、踏實地厭小品之美矣。豈有無事於禁而自絶之理乎？惟殿下念哉。

臣伏讀聖策自"子大夫"止"親覽焉"。臣雙擎百拜，有以知我殿下詢蕘之聖念也。臣旣以火其書人其人爲矯捄之第一義。而闢異端之道，在乎明聖學；明聖學之術，在乎扶元氣；扶元氣之方，實在於眞知林下讀書之士而禮用之。

蓋處山林而讀聖人之書，篤其行而善其身者，必能任世道之責而辨闢異之功。苟欲明正學以斥邪說，而至誠旁求，則豈患無其人哉？亦惟在乎察其實而已，惟殿下念哉。

臣草野狂妄，言不知裁。倘聖上不以人廢之，則非臣之幸，實吾道之幸也。臣謹對。

著者 尹愭

1741年(英祖17)~1826年(純祖26). 18世紀에 活動한 文人으로, 本貫은 坡平, 字는 敬夫, 號는 無名子이다. 幼年期에 文才가 뛰어나 집안의 囑望을 받았다. 20歲에 星湖 李瀷의 弟子가 되어 經書와 詩文을 質正받았다. 33歲에 增廣 生員試에 合格하여 近 20年을 成均館 儒生으로 지냈고, 이때 成均館의 모습을 그린 〈泮中雜詠〉 220首를 지었다. 52歲에 文科에 及第하였다. 藍浦縣監과 黃山察訪, 獻納 등을 거쳐 81歲에 正3 品의 戶曹 參議에 올랐다. 纖細한 感受性으로 自身의 內面을 描寫하고 自然을 읊었 으며 權力者의 橫暴와 兩班 社會의 不條理를 날카롭게 批判하였다. 또 400首의 〈詠 史〉와 600首의 〈詠東史〉를 通해 歷史意識을 詩로 形象化하였다. 著書로 《無名子集》 이 있다.

校勘標點 李奎泌

1972년 慶北 醴泉에서 태어났다. 啓明大學校 漢文教育科를 卒業하고, 大邱 文友觀 에서 受學하였다. 成均館大學校 漢文學科에서 〈臺山 金邁淳의 學問과 散文 研究〉로 博士學位를 받았다. 韓國古典飜譯院 研究員을 거쳐 現在 成均館大學校 大東文化研 究院에 在職 中이다. 論文으로 〈近現代 古典飜譯에 對한 一考察〉, 〈韻文飜譯과 그 體制 摸索에 對한 提言〉이 있고, 飜譯書로 《無名子集》이 있다.

圈域別據點研究所協同飜譯事業 研究陣

研究責任者　辛承云(成均館大學校 文獻情報學科 教授)
共同研究員　李熙穆(成均館大學校 漢文學科 教授)
　　　　　　陳在敎(成均館大學校 漢文教育科 教授)
　　　　　　安大會(成均館大學校 漢文學科 教授)
責任研究員　姜珉廷
　　　　　　金榮植
　　　　　　李奎泌
　　　　　　李霜芽
先任研究員　李聖敏
研究員　　　李承炫

校正　　　　鄭美景

校勘標點
無名子集 7

尹愭 著 | 李奎泌 校點
初版 1刷 發行 2015年 12月 31日
編輯·發行 成均館大學校 出版部 | 登錄 1975. 5. 21. 第1975-9號
住所 (110-745) 서울市 鍾路區 成均館路 25-2
電話 760-1252~4 | 팩스 760-7452 | 홈페이지 press.skku.edu
組版 고연 | 印刷 및 製本 영신사
ⓒ韓國古典飜譯院·成均館大學校 大東文化研究院, 2015
Institute for the Translation of Korean Classics·Daedong Institute for Korean Studies

값 20,000원
ISBN 979-11-5550-143-6　94810
　　　979-11-5550-105-4　(세트)